U0606525

红纱巾

李 小 雨 诗 选

作家出版社

图书在版编目（CIP）数据

红纱巾：李小雨诗选 / 李小雨 著. -- 北京：作家出版社，2017.4
ISBN 978-7-5063-9193-1

Ⅰ．①红… Ⅱ．①李… Ⅲ．①诗集 – 中国 – 当代 Ⅳ．①I227

中国版本图书馆CIP数据核字（2016）第254696号

红纱巾——李小雨诗选

作　　者：李小雨
责任编辑：苏红雨
装帧设计：刘　璐
出版发行：作家出版社
社　　址：北京农展馆南里10号　　　邮　　编：100125
电话传真：86-10-65930756（出版发行部）
　　　　　86-10-65004079（总编室）
　　　　　86-10-65015116（邮购部）
E-mail:zuojia@zuojia.net.cn
http://www.haozuojia.com（作家在线）
印　　刷：三河市紫恒印装有限公司
成品尺寸：152×230
字　　数：220千
印　　张：27.75
版　　次：2017年4月第1版
印　　次：2017年4月第1次印刷
ISBN 978-7-5063-9193-1
定　　价：58.00元

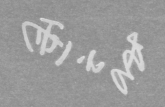

李小雨生平简介

　　李小雨，1951 年 10 月 26 日生，从小在部队生活，在北京读中小学。1969 年 1 月到河北省丰润县中门庄公社插队。1970 年 11 月到铁道兵 15 师 74 团卫生队任卫生员。1976 年 7 月任中国作协诗刊社编辑、一编室副主任、主任。1988 年北京大学中文系作家班毕业，获学士学位。1999 年 7 月任诗刊副主编，2009 年 3 月任诗刊常务副主编。2013 年 6 月，被推选为中国诗歌学会副会长兼秘书长。2015 年 2 月 11 日病逝于北京。

　　李小雨是我国新时期女诗人的优秀代表。她深受父亲的影响，对诗歌充满深情。她的诗歌感觉敏锐细腻，情感真挚，风格柔婉，充满想象力。她尤其擅长用富于生活气息而又优美空灵的诗句，传递内心对生活的真实体验。在诗歌相对边缘化的年代，李小雨始终坚守诗坛，保持对生活的深厚热爱。她甫到职一周，即深入唐山大地震灾区采访和组稿。1978 年又赴华北油田体验生活，在女子钻井队整整生活了一年，写下了大量诗作。曾被英国 BBC 广播电台做个人专题介绍。她还多次组织诗人到革命圣地和青藏线采访组稿。在火热生活的激发下，创作出许多"有筋骨，有道德，有温度"的作品，旨在表现信仰之美，崇高之美。李小雨的创作得到了诗歌界和文学界的广泛赞誉。她 1980 年创作的《海南组诗》曾是引发全国"朦胧诗"争论发端的重要作品之一，诗集《红纱巾》曾获第三届全国优秀新诗集奖，并获第一届庄重文文学奖、第二届铁人文学奖等。之后又有《东方之光》《玫瑰谷》

《声音的雕像》等多部诗集问世。诗作《最后一分钟》被收入语文人教版小学五年级上册。作品被译为英、法、意、日、韩等多种文字出版和发表。

李小雨是一位优秀的诗歌编辑家。她在中国作家协会《诗刊》杂志前后工作37年。她高尚的品格和良好、纯正的诗歌素养,使她能够一眼发现好的诗歌和好的诗人,经她推荐和发表的优秀诗歌作品难以数计。她任编辑期间,大胆改进版面,实施设想,先后开辟了"读稿人语"、"诗与论""诗报诗社作品选"等深受读者喜爱的新栏目,以及旨在推出新人的"青年诗人专号""诗萃专号"等,在诗刊社举办的在诗界颇负盛名和具有深刻影响的"青春诗会",如今已召开过30次,其中由李小雨负责筹划组织的有11次。她从中结识了许多年轻诗人,至今已成长为我国诗坛的生力军。我国进入改革开放的新时期后,亿万农民工涌入城市,使我国社会生活和经济结构形态发生了深刻变化,李小雨深知诗歌必须与时代和人民脉搏共振,她敏锐地、热情地关注着这一崭新创作群体的产生和发展。她较早地推介了"打工诗歌",并培养了众多优秀的"打工诗人"。她编辑过许多有影响的诗歌作品,获得过包括鲁迅文学奖、全国优秀诗歌奖等在内的众多奖项。并两度出任鲁迅文学奖评委。

李小雨还是一位优秀的诗歌组织者和活动家。1994年她与张同吾共同倡议并创建了全国性诗歌学术团体——中国诗歌学会。中国诗歌学会成立20多年来,她先后担任过中国诗歌学会副秘书长、副会长兼秘书长,她参与组织了为纪念建党八十周年而举办的《东方之光》大型诗歌音乐会,为纪念抗日战争胜利六十周年而举办的《拥抱太行》和《西部之声》《诗意华山》大型诗歌音乐会等,在社会上产生了广泛影响,她还参加组织了中坤杯"艾青诗歌奖""中国屈原诗歌奖""徐志摩诗歌奖"等等众多有助于诗歌繁荣发展和祖国文化建设事业的大量诗歌活动,为中国诗歌学会的发展倾注了自己的心血。

她曾随中国诗歌学会代表团出访韩国,并参与组织过三届中日韩诗人大会、中亚五国诗会,先后出访意大利、西班牙、葡萄牙、俄罗斯、日本等国家,与国际诗歌界建立了广泛联系,为中国诗歌的对外交流做出了重要贡献。

2015 年

目 录

红纱巾

关于诗	3
小雨	5
听雨	10
春天的燕子	11
我和我的枪	12
我的歌曲	16
听歌的时候	19
从城市的南端到北端	21
红纱巾	23
鸽子	26
抚摸旧信	30
黑白照片	32
向日葵	34
它寄托我们无处安放的东西	38
冬天的船	41
大长江	43
一把泥土	46
平凡的日子	47

我是一朵失控的云　　　　49

给心脏　　　　51

盐　　　　53

杯子　　　　55

墨水　　　　57

玫瑰谷

含羞草　　　　61

逃来逃去的眼睛　　　　63

玫瑰谷　　　　64

云朵　　　　65

尝酒　　　　67

夜车　　　　69

项链　　　　70

石榴石指环　　　　71

海蓝宝石　　　　72

紫晶　　　　73

我留在高高的山顶　　　　74

黑色长发　　　　75

小巢　　　　77

爱情，说不明白　　　　78

致伤口　　　　80

美丽的错误　　　　82

连词　　　　　　　　　　　84

七月水淋淋的花　　　　　85

电话不通　　　　　　　　86

不安　　　　　　　　　　88

悬念　　　　　　　　　　89

无梦　　　　　　　　　　92

沉默　　　　　　　　　　93

琴　　　　　　　　　　　94

书中的故事　　　　　　　95

让我们爱吧　　　　　　　98

天长地久　　　　　　　　101

陶　罐

西安　　　　　　　　　　105

丝绸之梦　　　　　　　　108

陶罐　　　　　　　　　　110

永远的鱼纹　　　　　　　112

尖底瓶　　　　　　　　　114

沉积层　　　　　　　　　116

青铜之祭　　　　　　　　118

巨石之擎　　　　　　　　120

给兵马俑　　　　　　　　122

碑林之一　　　　　　　　124

碑林之二　　　　　　126

临潼石榴红　　　　　128

嘉峪关燕鸣　　　　　130

敦煌　　　　　　　　132

千佛洞飞天　　　　　134

阳关烽燧　　　　　　135

雨中行走的人　　　　137

长城随想　　　　　　139

杜甫草堂　　　　　　140

二郎山之秋　　　　　142

日月山　　　　　　　144

石油河

给中国的第一口油井　　　149

延安枣园：大光明　　　　152

在黄河　　　　　　　　　154

渡口　　　　　　　　　　156

岛　　　　　　　　　　　158

沙　　　　　　　　　　　160

前线——五号桩　　　　　163

我们石油河的指挥们之一　165

我们石油河的指挥们之二　167

一千六百万　　　　　　　168

七千米钻机和钻井船　　　172

地上和地下的争论　　　175

女孩子、油工衣和毛线团　　　178

茫茫祁连　　　182

淘金者　　　186

骑骆驼的普罗米修斯　　　189

访中国第一任钻井队长　　　193

第一片雪花　　　195

一个女地质师的西部传奇　　　197

黑甜甜　　　201

悼一口死去的油井　　　205

昨天晚上，零点整　　　208

最后的傍晚　　　213

裹红头巾的钻塔　　　217

椰子

夜　　　221

灯塔　　　222

天涯海角（一）　　　223

天涯海角（二）　　　224

沙　　　225

红豆　　　227

椰子　　　229

橄榄　　　　　　　　　　230

糖棕桐　　　　　　　　　231

花恋　　　　　　　　　　232

热带植物　　　　　　　　234

热带鱼　　　　　　　　　235

东方螺　　　　　　　　　237

风暴　　　　　　　　　　238

涨潮之日　　　　　　　　240

海之舞　　　　　　　　　242

正午　　　　　　　　　　244

盐迹　　　　　　　　　　245

风景　　　　　　　　　　246

鹿回头断想　　　　　　　247

太阳河　　　　　　　　　250

在咖啡店　　　　　　　　252

记一个老侨工　　　　　　254

故乡的土　　　　　　　　256

金龙烟斗　　　　　　　　257

胶林人家　　　　　　　　259

给黎族育种家王老东　　　261

蜡染　　　　　　　　　　263

三亚　　　　　　　　　　265

海南岛印象　　　　　　　266

怀念　　　　　　　　　　267

乌篷船

江南	271
南通	272
仪仗	273
天下常熟	275
夜听古琴独奏《广陵散》	277
水巷	279
沙家浜	281
寒山寺	283
园林之梦	285
角檐	287
桠溪月夜	289
听松	291
湘湖小拱桥	294
在知章小学	295
在村小学听孩子吟诵古诗	297
天台读诗	299
遥望天姥怀李白	301
斑竹村	303
过严子陵钓台	305
乌篷船	307

咸亨酒店　　　　　　　　　309

土谷祠　　　　　　　　　　311

轩亭口　　　　　　　　　　313

龙泉仗剑行　　　　　　　　315

小榄读菊　　　　　　　　　317

一朵小菊　　　　　　　　　319

竹叶上的神　　　　　　　　320

马头琴

雪谷　　　　　　　　　　　323

坝上行　　　　　　　　　　324

毡包　　　　　　　　　　　325

牧人　　　　　　　　　　　327

马群　　　　　　　　　　　328

摔跤手　　　　　　　　　　330

挤牛奶的母亲　　　　　　　332

赛马场上的小骑手　　　　　333

马头琴　　　　　　　　　　334

"赛诺"　　　　　　　　　　335

太行山中人家　　　　　　　336

华山论剑　　　　　　　　　337

华山脚下听"老腔"　　　　　340

在沾化的滩涂上　　　342

初夏的冬枣林　　　344

留一条根在那片土地　　　346

清照　　　349

泉　　　350

给青岛造船厂　　　351

中原的麦子熟了　　　353

箜篌城　　　355

舞钢轧钢厂　　　357

红屋顶　　　359

牡丹花开　　　361

光明在前

最后一分钟　　　365

致新亚欧大陆桥　　　367

在太行大峡谷访八路军兵工厂　　　369

记住汶川：十四点二十八分　　　372

光明在前　　　374

用竹筷子写诗的人　　　377

俨然正坐　　　379

剧场　　　381

第八只朱鹮　　　383

给作家冰心 386

给雕塑家刘焕章 389

给画家韩美林 391

意大利的微笑

罗马石柱 395

罗马小街 397

罗马的忧郁 399

假面狂欢 401

比萨斜塔 403

米开朗基罗 406

古罗马大斗兽场 408

佛罗伦萨 410

天堂之门 413

星光下的拿波里民歌 415

梦幻威尼斯 417

威尼斯：辉煌的终曲 419

斯卡拉大剧院的手 422

古堡之夜 424

梵蒂冈·圣彼得堡教堂 426

梵蒂冈：圣母 428

生活给予的美——编后记／李瑛 429

红纱巾

祖国呵，

我对你的爱多么深沉，

一如这展示着生活含义的纱巾。

我要戴那条

红色的纱巾……

关于诗

诗在历史上是贵重的帛锦
诗在大街上是一堆破纸片
在墙角的小花红得寂寞的年代
诗不比几棵老白菜值钱

生活先于诗而存在了无数年
发现这个真理是多么值得庆幸
于是，当纷乱的生活无意中
留在地上一些浅浅的脚印
我称它为眼泪，为缱绻
为呓语的泡沫，为诗

这是一些比水更平常的东西
无色无味，在现代与非现代之间
它映出一个人热的心和冷的影子
他在生活中下陷，无助地抓住了语言

生命和商品都同时诱惑着诗
是逃走还是蜗居
谁更适于生存
该朝向哪一边

假如一切都能重新开始
也许一切都会重新改变
然而过去和未来和许多条路
都只通向一个终点——现实
于是他呆坐在尘世的微笑里
签名，并留下生命的碎片

小　雨

一

我悄悄地来到这个世界，
溅起了那么多、那么多的水波。
那涟漪，那枯叶，那古树，
那幽深的青苔，暗淡的磷火，
一千种声音说，
不要打扰，不要打扰，
不要扰乱这平静的生活！
我淡淡地一笑，唱我的歌：
一滴雨是一粒种子，
带着空气的潮湿、泥土的热。
我播种生命，播种热情和新鲜，
明天，该请新的世界在这里收获。
一片浮萍或者几枝莲荷，
哪怕是一个最原始的微生物，
只要是生命的，
那就是创造，
那就是我！

二

哦，是什么在我体内不停地撞击，

让我疼痛，让我激动，让我难过？
太阳和冰，冷和热，上升和下降，
我搏击在无数气流的漩涡。
一个幻想刚破灭，又一个幻想出现，
我急切地寻找阴电和阳电的交错。
低垂的积雨云太沉闷了，
我要打破单调，
我喜欢新奇和探索！
在生活的矛盾与和谐的伟大统一里，
完成了我。
完成了我矛盾而又如一的品格：
——降落吧，慷慨地给予，
无论是晶莹的水珠，
还是六角形的花朵！

三

一颗，一颗……
单纯加单纯，
我的心是一片透明的颜色。
我降下来了，
因为我曾是一朵纯洁的云，
迷恋大地，迷恋绿叶，迷恋生活。
呵！狂风挟来了沙石，
泥泞堵塞了小河，
污水一股股注入，

天和地一片混浊。

我消失了……

当我又化为一朵云，
我依然固执地俯视着，
我忘记了那雷、那泥、那火，
我只感觉创造的冲动，
信念的热情和开拓的快乐，
看呵，我的心仍然是透明的颜色，
单纯加单纯，
一颗、一颗……

四

此刻，我是这样普通，
这样易逝的落体，
淡淡地汇合着，无声无色，
可是当你捧起我时，你会惊讶，
在这浑圆的世界里，
有着云的深远，天的高度，
风雪的变迁和宇宙的辽阔。
我心中藏着一个丰富的大海呢，
只要你那双黑色的眼睛，
向我真诚地闪烁……

五

我来了，
我来了。

有人厌烦，说是秋天的冷泪，
有人喜欢，说是春天的音乐。

也许，我会是泪，
也许，我会是歌。

我会缓缓流过苍白的脸颊，
我会轻轻唱在期望的心窝。

不论是快乐的还是悲哀的，
我都是流向心中的小河。

在无限的感情的海洋里，
我是分离，也是融和。

六

我可能是五年前，十年前的那阵夜雨，
呢喃地，在你梦中飘落，
我是轻的，
冲淡了许多身影，
那些过往的脚印，

我又是多么重呵，

载不动深深的眷恋之情，

只一滴，便能使记忆的船儿

沉没……

七

轻柔而又刚强，

坚韧而又脆弱。

我生活过，追求过，

在这个世界上有我的位置，我的传说。

我曾用美去打开每一扇小窗，

我曾用爱去抚摸每一片荒漠。

或许我也迷茫过，失却了方向，

或许我也浪漫过，随处飘泊……

有一天，所有的小草都做了同一个梦：

雨水消逝了，星星在闪烁。

只有大地会留下一个悠长的记忆，

一片成熟的庄稼，

遍地金红的野果。

这时，人们便会望着深远的辽阔沉思，

说：看这怀抱中的一切吧，

它曾给予我们很多、很多……

1981. 8 北京

听 雨

雨声淅沥成一条小河，淙淙
我是一条鱼儿，藏在瓜叶中
听整个夏天都唤着我的名字
我的名字，在西又在东

只为学会那首丁冬的歌谣
任风起风落，我悄然不动
让雨声沿青青瓜蔓流下
溅满纸水墨，如烟如梦

春天的燕子

梦里有一道蓝黑色的闪电
斜斜地划过，像风，像燃烧的火焰
可窗外正是漫天大雪啊
沉沉地压低了北中国的冬天

那是燕子在漫天雪花中飞舞
它是热情，它要融化，它在呼唤
我听见雨在冰冻的云层里喧闹
那是燕翅上洒落的一滴水点

于是有生命在大风雪中生长——
有帆影，有车笛，有远浪层山
希望从来是埋藏在冰雪下的种子
向着天空和大地播撒嫩芽和叶片

这不是梦，这是梦一般的真实
看茸茸的绿已漫上古长城的青砖
因为我们每只手都是洒满阳光的巢
春天正在这里温柔地呢喃……

我和我的枪

因为我的军装，
我认识了我的枪。

枪很沉，
有着整个冬天的重量，
整个风雪的重量，
当他和口令声一起，
重重地斜落在我的肩上，
我微微颤抖，
而大山的风迎面扑来，
这一天的风，
永远是十七岁，
是十七岁半。

勒紧枪带是多么威风呵，
小腿上有一种硬硬的敲打是多么兴奋呵，
走着，看拉长的影子是多么陌生呵，
那么一种神秘，那么一种兴奋，
那么一种陌生揉成的慌乱，
从此，困扰我夜夜的梦……

习惯于把他的编号

作为我的名字吧！

一个珐琅质的冰凉光滑的名字，

一个来福线和通条组成的名字，

一个充满陌生枪油味的男子汉的名字；

习惯于在他的

黑黝黝的枪管和凹凸不平的疤痕上，

尽情地幻想和散步吧！

然而我的枪沉默着，

固执地沉默着，

严守着一场高地保卫战的秘密，

或是一次浓烟滚滚的冲锋的秘密，

严守着一发子弹结果两个敌人的秘密，

或是以刺刀为疆界的血的秘密，

我的枪，

见过死亡，

见过光荣，

当一切都燃于大火毁于大火死亡于大火，

只有他在火中自由出入而又奇迹般地

在火中大笑，

在他的带有子弹的心跳声中，

我猜想，

他是一位曾经支撑起军旗的

蒙面英雄。

然而我的枪沉默着，
固执地沉默着，
只教我看前方、
前方的一大段雪路、
雪路之后的人形靶、
那永远的圆心，
移来又移去的
黑点、黑点、黑点……
还有酸疼的眼睛和红肿的手臂。
呵，当雪水在我身下慢慢融化，
我才触到这就是他的真理，
枪的真理，战士的真理，
有时竟会是这样的冷，冷，
冷得残酷，
冷得流不下一滴泪水，
冷得如冰一样
晶莹和锋利。

把飘扬的长发塞进军帽吧，
用不着在这样的时刻想家，
想炉火和一切温暖的东西，
我大胆的手指要配得上
那三言两语的男子汉的真理。
我要让我的枪大笑，
让笑声震撼山谷，

红
纱
巾

让他接着讲那些

喷洒着火焰的美丽的故事，

让那故事里有一个骄傲的小女兵，

正肩着一支枪，

守卫永远和平的天空和大地！

1984. 10　北京

我的歌曲

当冲锋号吹响时，

我的歌曲便骤然飞出了，

飞出了，带着金属的声音。

读着信号弹在头顶进出的散乱音符，

跑着、跳着指挥步枪，

勇敢地

演奏一支即兴曲中的第一小节，

我的歌曲，就这样行进。

在黑黝黝的山路上，

那些休止符，

那些突然立定的脚步，

那些压低的急促的节奏，

如旋转的风，

使我忘掉

怪石的恐惧和

回声的嶙峋。

而天很冷，大头鞋已踩不准

急行军的节拍，

这时便难免有几句歌，

断断续续地脱口滑出来，
滑出来，计数着，
我的心跳和里程。
在最后的山巅，
升起篝火点燃黎明吧，
让我的歌曲聚拢来，如干柴，
烘烤我的喉咙，
烘烤我的心。

呵，篝火，粗糙的军大衣，
遥远的山下的帐篷，
从这一夜起都告诉我，
在我绿色的日子里，
应该学会用歌声笑，用歌声哭，
用歌声憧憬……

唱那一夜、
唱那一夜无限延长的尾音吧！
于是我压在枕头下的、
抄在本子上的、
密密麻麻的
一千种一万种心思便飞起了，
我的歌曲一飞出去即成航空信，
从第一个人传给第二个人以至传遍
所有大兵的朋友们，

读它、念它、哼它、唱它、记住它吧，
我的军营便总是多雪的季节了，
多雪的，一片片的，
我的歌曲总爱蝶绕着军营。

真想
在军旗下，
把所有能够想起来的歌，
一个个地，一个个地，
唱，
一直唱到水壶已喝干，
唱到不加一点掩饰地流下泪来……

就让那些男兵，
总抱怨我们太爱唱歌吧！

1984. 10 北京

听歌的时候

他们站在地球的另一端放声高唱
穿牛仔裤的，穿运动装的
她头发卷曲，他皮肤黝黑
那时阳光灿烂
鲜花如命运般开放
我的屋里汹涌成一片海洋

她用英语唱，他用法语唱
各种语言像海上一堆堆漂浮的泡沫
那时亚麻色的风正吹向四面八方
我想抚摸那些语言
但刚一触碰
它们便破碎消失
只剩下无边波动的旋律

听歌的时候，语言是多余的
在那些闪烁的字句下面
有暖流温柔地滑过
我用皮肤倾听到他们在说：爱
生命之爱在水下洞穿我的身体
我在音波之间跌落；下陷

无边无际，消融自己成水下
旋转的热流
爱，或被爱

在母亲的怀抱中
爱是不需要解释的
正如一朵小花爱太阳
小狗依恋着一扇门
鸟儿患着怀乡病那样
万物之爱是不需要解释的
听歌的时候，语言消失

窸窣的裙裾、桌子、椅子都是声音
无数漫长细小的声音超越世纪
掀起巨大的共鸣，此刻
在星球之外，在星球之内
凝成这蓝色的小小的一滴
在我的心中回荡
呵，歌声，歌声，歌声

从城市的南端到北端

从城市的南端到北端
一只脚在前一只脚在后
经历了三百六十五个穿鞋的日子
我成为一条现代的鱼

自一涉水
便无法选择
逆流回流或者顺流
汽车是一群群危险的海瓶
无处可逃的轮上风景

偶尔出示月票
偶尔懒得吵架
偶尔想想例行公事的晚餐
偶尔在拥挤中顺势亲吻
偶尔研究车窗外
患流行病的广告
想今天的生活是
嫩肤霜加来福灵

有人霎间黑发变白，落雨成雪

有婴儿长大，道路倾斜
天空弯曲，孩子们幻想成为
下一个站的英雄

从一个门上
从另一个门下
所有人机会均等
今天的脚印不记得昨天的脚印
此刻的脚印不记得彼刻的脚印
黄牌的岛屿上写着一些字样
停靠站模糊不清
或许是墓地，或许是产院

据说经历重复就是经历死亡
以此类推，我已死了一千次
一千次的我
已不是彼岸的我

从城市的南端到北端
其实，所有的游动都不过是一种过程
而在城市凹凸的空隙里
尘埃，正以各种姿态
展现历史

红纱巾

——写在第二十九个生日时

我要戴那条
红色的纱巾……

那轻柔的、冰冷的纱巾，
滑过我苍白的脸庞，
仿佛两道溪水，
清凉凉地浸透了我发烫的双颊、
第一根白发和初添的皱纹。
（真的吗，苍老就是这样降临？）
呵，这些年，
风沙太多了，
吹干了眼角的泪痕，
吹裂了心……

红纱巾。
我看见夜风中
两道溪水上燃烧的火苗，
那么猛烈地烧灼着
我那双被平庸的生活
麻木了的眼神。

一道红色的闪电划过，

是青春的血液的颜色吗？

是跳跃的脉搏的颜色吗？

那，曾是我的颜色呵。

我惊醒。

那半夜敲门声打破的恶梦，

那散落一地的初中课本，

那闷热中午的长长的田垄，

那尘土飞扬的贫困的小村，

那蓝天下给予母亲的第一个微笑，

那朦胧中未完成的初恋的纯真，

那六平方米住房的狭窄的温暖，

那排着长队购买《英语讲座》的欢欣，

呵，那闪烁着红纱巾的艰辛岁月呵，

一起化作了

深深的，绵长的柔情……

祖国呵，

我对你的爱多么深沉，

一如这展示着生活含义的纱巾，

那么固执地飞飘在

第二十九个严冬的风雪中，

点染着我那疲乏的、

并不年轻的青春。

那悲哀和希望糅和的颜色呵,

那苦涩和甜蜜调成的颜色呵,

那活跃着一代人的生命的颜色呵!

今天,大雪纷纷。

我仍然要向世界

扬起一面小小的旗帜,

一片柔弱的翅膀,

一轮真正的太阳。

我相信,全世界都能

看到它,感觉到它,

因为它和那

插在最高建筑物上的旗帜,

是同样的,同样的,

热烈而动人!

我望着伸向遥远的

淡红色的茫茫雪路,

一个孩子似的微笑

悄悄浮上嘴唇:

我正年轻……

我要戴那条

红色的纱巾……

1981. 2 北京

鸽　子

一朵云，从手中飘去，
轻盈地溶进深邃的天空。
呵，小鸽子飞去了，
满眼是阳光和变幻的虹。
我的扇着翅膀的六月，
打着呼哨的六月呵！
在我心上筑巢的小鸽子，
碰落了清晨的星星，
投下淡淡的影……

太阳，化作我睫毛上的
一颗泪珠，
轻轻滚动……
我的小鸽子飞去了，
是为了寻找
藏过我热望和幻想的
雨滴和轻风；
是为了寻找
在那年六月，
我们一同丢失了的
蔚蓝的宁静！

听，连鸽哨声都湿漉漉的了，
洒在我曾跋涉过的
无数条道路上，
斑斑泥泞……

哦，小鸽子，
快落上我的肩头吧，
我知道，你会带给我
丢失了十五年的天空。
那里有许许多多的故事，
像雨雪一样艰辛，
白云一样纯净……
你会告诉我，
世界并不只剩下
一场风暴，
那里还有蓝天上的祖国的
森林和河流的故事、
脚手架和立体交叉桥的故事、
白塔和金黄色屋顶的故事、
以及数不清的
时代的风景……

这时，我便会对着，
古老而弯曲的小巷微笑，
对拥挤着的人群微笑，

对着那盏小灯微笑，
对着打开的书本微笑，
那过去的哀怨，纷乱的迷茫，
早年的浪漫和消沉，
便会在太阳下
悄悄消融……

呵，无数从灰烬里诞生的、
从苦难中成长的、
从小屋子里飞出的、
有着强健翅膀和胸脯的
希望。
希望。
希望。

一朵云，从手中飘去，
在这一刻，
我的心轻松又沉重。
一条松了的历史的弦，
在手上重新绷紧；
在这一刻，
我便不再寻找我自己了，
祖国呵，在你的怀抱里，
我已找到了那巨大而庄严的
我们的欢乐和苦痛！

清晨。

让所有的鸽哨声都响起吧，

祖国，你听到了吗？

那不是音乐，

那是生命的和弦，

是我的血液，

是青春的血液在奔腾……

1982. 1 北京

抚摸旧信

抚摸旧信
仿佛抚摸秋日暗淡的阳光
风雨雷暴都已成过去
收割后的田野里宁静空旷
只有那堆堆麦垛
泛黄的，一束束的
在手中沙沙作响的
让我疲惫的身体
去亲近，去躺
那残留的一点点微温
那一点点微温
是往昔谁的胸膛
谁的手掌

抚摸旧信
仿佛抚摸缓缓干枯的叶片
那金色的、饱满的籽粒已被入仓
那些语言和思想已储为我
成熟的时日
旧邮戳排列出生命的轮廓
那是田野里孤独的拾穗者

正拾起一些影子

一些薄尘，一些微笑

泛黄的，一束束的

在手中沙沙作响

散发着逝去的缅怀的气息

在记忆的灶中温热

暖我一生

黑白照片

黑白照片
失散多年的飞鸟和脸庞
忧伤的人有着苍白的面孔
沉郁的人有着深色的衣裳
永远是出发又永远是到达
过去的阳光在他们脸上停留片刻
那是黑白照片的故事
它留下些明明暗暗的温暖
亲切的，虚空的
透过屋檐和老墙

一个影子在远方走动
那是长袍的年代和制服的年代
黑白照片的一部分
是遥远
是泛黄的旧事和漫长

多少年来，习惯于
用白色微笑
也用黑色微笑
而谁能说出
哪一种微笑更痛

哪一种颜色更靠近心的颜色？

生活就是如此简单

死去与活着

昼与夜

黑色与白色

这是一种命运

花开花落，时间之上

洗印无数的黑白照片

叠印起更多的脚印、呼吸

更多的黑色与白色的

复制的光

黑白照片是一张张撕掉的日历

谁又能翻看这情感的背面？

黑白照片——寻人启事

如今谁能找到我的怀想？

这简单的忧伤正被时光磨损

黑色和白色都消失得空空荡荡

我的手只摸到这几张薄薄的硬纸

既真实又虚幻的

在寂寞的暗室的底片上

我听到了谁灵魂深处的一声呼喊！

1994. 12

向日葵
——插队回忆

我的向日葵呵向日葵，

你为什么摇摇晃晃，

你为什么摇摇晃晃，

遮住尘封的小窗？

遮住褪色的门帘，

遮住温热的土炕，

遮住了一双十六岁的黑眼睛——

我的黑眼睛，

用你阔大的低垂的叶片，

用你静悄悄的炽热的金黄。

仿佛那些阳光，

那些尘上浮动的阳光，

仿佛那些麦浪，

那些金属轰鸣的麦浪，

怕我再看见，

怕我再回想：

那喘息着的中午的镰刀，

那咸味的嘴唇上干凝的血，

那蓬松的头发上灼热的麦芒。

无边的金色旋转着上升，

在闷热滚烫的麦垛下，

我的眼睛睁不开了，

一碗金灿灿的玉米粥，

顺衣襟

缓缓流到干裂的土地上……

我的向日葵呵向日葵，

你为什么摇摇晃晃，

你为什么摇摇晃晃，

俯身贴近我的脸庞？

你是在给我轻诉

泥土的柔软和深广吗，

用你润湿辽阔的波浪？

呵，一片眩晕的六月的金黄！

晚上，

把油灯靠近

一缕刘海，一颗黑痣，或者

皱纹如网。

我默读着这一圈圈

灯晕里的温暖的故事，

有的欢喜，有的平静，有的悲伤。

呵，我驮着柴草、

蹚着泥水、

剜着野菜、

匍伏在大地上的乡亲们呵，
我华北平原上的点点昏黄！
听今夜的纺车声也倦了长了，
在灶火渐熄的小窗外，
在夜风吹过的栅栏旁，
我的向日葵呵向日葵，
你为什么沙沙喧响，
你为什么沙沙喧响，
像浮在暗夜里的太阳？
你在叙说些什么呢，
如歌，如诉，如泣，
如此地撩人心肠！

那些迷乱的岁月，
都有过许多遗忘，
都有过许多遗忘，
如风儿飘散远方。
而今我已记不清
月光下打着补丁的小褂，
也记不清那小镜子里的模样，
记不清那些
牵着孩子、挽着裤腿的身影，
和那细密的麻线、结实的鞋帮。
我的向日葵呵向日葵，
你为什么摇摇晃晃，

你为什么摇摇晃晃，

遮住尘封的小窗？

但是有一种柔情，

在人海里丝丝不断，

但是有一种颜色，

在暗夜里熠熠闪亮，

但是有一种心跳，

无意中常使我惊醒，

但是有一种气息，

使喉咙燃烧发烫！

我的向日葵呵向日葵，

我的低矮的小村庄，

我的结着沉甸甸果实的金黄色的年华，

我的生长在大地上的依靠和希望！

是因为华北平原上的风太猛烈了，

还是因为我的眼睛总迷失方向？

为什么，为什么在我的身边、

在我的路上，总让我看见

那一片汹涌的向日葵，

那一片汹涌的向日葵，

那无边的母亲般的金黄！

1984. 10 北京

它寄托我们无处安放的东西
——在知青农场

它寄托我们无处安放的东西

这片苏北大地，盐碱滩的大地

点点黄蓿菜匍匐爬行

空旷的白色令人忧伤

泥垒的小房子上，每天每天

都升起，海鸟和黎明

它寄托了我们十五岁的天空

十七岁的麦浪，以及

长长的大通铺上背包的风尘

纷乱的芦花飘扬着，风吹斜了它

它的泪水掉在地上

留下咸的潮涌

它收留了我们那么多补丁的梦：

黄草帽下飘扬的短发

五角星的水壶，泛黄的毛巾

热气腾腾的澡塘边，是解放胶鞋的泥泞

露天电影和大喇叭多么喧闹

而手电筒的微光，却静静地照着

被窝里掀开第一行字的书本

锄、铲、锨，还有箩筐……

为什么我只深深地记下了那根

还带着长线的针？

我们在汗水和泪水中认识了生活

它的镰刃太锋利了

它的扁担太重

它撒下的种子，每一粒

都长出了长长的根

它的粗糙的小桌上

是谁伏案写下第一封家信：

"妈妈，我想你了……"

时代的孩子们

学会了第一声叹息

他们长大了，更爱那些

曾经远去的声音

严酷而又温暖的大地

收留了那些

飘荡的芦花的命运、破碎的家庭

它让四散的车辙，消失又聚拢

时光之水流过四季

一场大雪，曾经覆盖了一切

一场大雨，又让它们坦露出真情

如今，黑白照片悬挂在墙上

一万名，一万五千名

那一双双知青的黑色的眼睛

穿透五十年时空，星星样闪烁

迷茫的，清澈的，纯真的，稚气的

土地，这片父母之地

寄托了我们在大时代里

那些无处安放的思想和灵魂……

冬天的船

——给老祖父

冬天的船，倒扣着
倒扣在空旷的沙滩
风儿流窜，从远天
滑过干枯的船板
从此，我的思念是一把沙了
弥漫在空中，聚拢在你的周围
哦，我的老祖父
我冬天的船

那船板，许久没有浸过海水了
裂了缝，像老祖父多皱的手
在冰冷中，把一生的力气
摸索地送进桨片
风哭着，风诉着，风长啸着
我的双手又怎能抓住那一刻
你倾倒的桅杆
大雪纷纷落下，渐渐为你
堆一个白色的坟墓
冬天的船呵
仿佛七十九年

只有这一次安详的梦
掩埋你的故事
掩埋你萧萧的太阳
掩埋你风浪的匆忙和喧嚣
掩埋我寻找你的
最后的空间

雪片环绕着我
那里没有一行脚印通向你
通向你渐渐隆起的墓碑
只有千里百里的沙滩上
伏地的布帆
寂静的灿烂
如泪光里满头闪烁的白发
一百年
一百年
在远远望去的雪雾中
仍然喻示着
那不可企及的
慈爱与威严

大长江

——怀念妈妈

大长江，我的摇篮

六十年了

那焦土与废墟之间的水的汹涌

那铁丝网与硝烟之后的江的波澜

那一天的小雨，可让江面潮起潮落

那一天，多少浑浊的漩涡裹挟着

战争的马蹄、枪声、断戟和枯枝败叶

奔流而下

如此坚定，却又如此缓慢……

和平就这样悄悄降临了

犹如野花绽放，或

一个婴儿诞生的哭喊

大长江，只有你听到了我的第一声啼哭

只有你让我尝到了泪珠的咸

只有你，让我第一眼看到了妈妈

温柔的、我亲爱的妈妈

她俯身向我

此刻那天边的大水

让我的哭声在大江上飘散……

我的妈妈

有着灰布军装的忠诚

她从一支来自北方的队伍中

风尘仆仆地南进

带着她的消瘦、她的背包和

怀中发黄的亲人的照片

她的脚下，踩着旧时代的沙粒和碎石

她把子弹的爆炸声都听成了波涛的轰响

急行军，跟上！当她第一次面对长江

她曾有着怎样的血泡、裂口的双脚、激动

和年轻的慌乱……

昼与夜，脚步纷纷

那是一支长江的新时代的合唱吗？

江风吹动着船舷的缆绳

士兵们站岗，闪烁着步枪和红星

长江号子从劳动者的脚下轰鸣而上

掀动报童手中的《长江日报》

头版上有不断更新的

解放的消息，建设的消息，以及

江边的歌声：解放区的天是明朗的天……

于是，拍我入睡的最初的歌谣

是长江哼唱的，她用混合的涛声

做我的襁褓，覆盖着我、轻抚着我

第一声轻，第二声重

于是，长江用奔涌和崎岖的故事

洗涤我，并用那一天的雨做我的名字

让我还原成一场历史间隙中的小雨

温暖地依偎在她的臂弯……

而我，只抓住了最初的那一滴水

是江上的浪，还是妈妈的乳汁？

那是一条总也剪不断的脐带

长江，在你的波浪上

有妈妈的指纹……

在长长的队列中

我的妈妈，穿灰军装的妈妈站在长江边

她的微笑仿佛明亮的光线

日光和月光，几千年的波光

都从她的军衣上滔滔流过

她怀抱着我，而她的身后

一条大江，犹如一道亮亮的闪电

——历史正滔滔流过

这个清晨

多么美好而安静

一把泥土

一把泥土
干硬的、粗糙的
柔软的、湿润的
一棵玉米穿过我的眼睛

有风吹过
泥土汹涌的声音漫过脚趾
牛和犁头站在很远的月下
在更远的地方
大河流在天边

有土，就有陶片，有灯
有汗珠说出的全部语言
就有牛铃，门就可以望见
就有珍藏万年的血脉
那是比生命更深厚的母亲的炊烟
它教会我说：热爱

一把泥土，有根有梢
哪一把泥土都是回家的路

1992. 10

平凡的日子

日子像穿灰衣的影子
重重叠叠地只有轮廓
打开日子的门往里一看
是穿旧的衣裳和几只飞蛾

麻雀们又在树上吵闹
昨天掉下的羽毛今天仍未落地
呵，这用一根鞋带穿起来的日子
总变不过五十四张牌，方方正正

你走在我身前身后平静如初
我们就这样携手走进日子
日子很相似，眉眼模糊不清
悠忽间，连回忆也不知该想些什么了
只记得你温和地抚摸这些琐细
安排日程表，用锅碗和针线
心大于海，平凡的日子没有瞬间
只有波浪，从上个世纪流到今天

你是性格沉静的人，我也是
进入平凡该需要多么大的勇气

人说婚姻属于平凡的日子但爱情不是
我忍不住回望你静默的眼睛

你仍然不动声色地从日子中伸过手来
平凡或平淡或平庸便总有37度的体温
那种可依靠的始终如一的真切使人感到安宁
此刻你的眼睛很深日子也很深

红
纱
巾

我是一朵失控的云

我是一朵失控的云
流浪在没有晚霞的天空
我没有家，没有伙伴
也没有一扇打开的门
一切灵魂全在狂欢中飘荡
一切身影都在迷茫中沉浸
生命就是从一个远方到另一个远方
我的坐标就是我的脚印

我是一朵失控的云
油彩下深藏着最后一声滑音
告别的道具纷纷退场
别去捡拾爱情遗落的那些泪痕
舞台上的艺术是伟大的
可沉默更伟大
因为我认为
诉说痛苦应该不出声

我是一朵失控的云
是倦于伫望的淡淡的姓名
是流过地平线的瘦长的音调

是散失的心事，断缆的旧信
是日子与日子间枯萎的黄花
是驻足桌面上的薄薄的灰尘
是一条握不住的告别的手绢
静悄悄地，在你眼中闪动

给心脏

轻轻的，你在那一方唤我

在遥远的多河汊的左岸

那声声忧郁的单音节

是暮色中独腿人的拐杖

敲我惊醒

用滴漏的声音敲出一个人形

僵硬而疲倦的

有汗湿的鞋子，蓬乱的皱纹

匆匆地在人流中

走过凹凸不平的世界

四十年沧桑后

我听懂了你残缺的声音

于是我溯源那条最古老的河流

听血液澎湃

看钟表一件件磨损

独腿人的拐杖永远是一种诱惑

让我：走

无船无桨

只有眼泪能够到达你

沧海横流，心海横流
而你在每晚的那堆篝火上
焚烧自己
等我

盐

盐在我的血液里咯咯作响
盐在我的骨头里咯咯作响
盐从我的眼睛和毛孔里滴落下来
啊人！你这小小的直立的海洋

盐四处走着
盐把最感人的力量
从厚厚的岩层和活着的生命中
渗透出来
灼热的皮肤
　伤口的边缘
　　　日子的味道
思想如一条条鱼晾晒着
看一粒盐
那是谁的眼睛
那是谁的海水
那是谁的足迹
那是谁的背影
　苦涩而滞重

盐咸味的影子锈蚀海浪

粉碎无数的太阳和风

那新鲜的、腥味的白色沙丘啊

那最普通最低微又最高贵的

　　细小颗粒啊

路边遗落的盐

踩在脚下的盐

勺子和舌尖上的盐

永远伴随着面包而生的盐

在破旧简陋的茅屋里

如淳朴健壮的农妇

人和牛羊全都朝你低下头来

在生活的最深处

永远是盐

当我手中的时间正在消逝时

蓦然发现，除了甜蜜以外

还有另外一些东西

正在结晶

1991. 10

杯　子

杯子，永远干渴的嘴
永远不能湿润我们

往杯子里不断地注水
注入一条最漫长的河流
几千年淌过
生命一寸寸焦虑
杯子是覆盖它的绿荫

杯子很清
单纯得如同泪珠
杯子很深，沉如古井
站在杯子的外边往里看
如看人生
有时杯子挺闲适
在其中
养一枝玫瑰与养一颗心
是同样的意蕴

不断倾斜的杯子
是意味深长的动作

你装进去些什么
又倒出来些什么
在水斟满又流出的一刻
将会发生什么事情
空空荡荡的杯底总使人疑惧不安
生命并不比一杯水的流失更长久
而命运却常常像拿杯子似的
打碎我们
因此，我们总渴望那
源源不断的波浪之水
渴望它的延续和唤醒

杯子就在身旁，人类的杯子
捧起它，饮我们的
　　水

墨　水

一滴
深蓝色的墨水
小小生命
舔着玻璃的牢笼
它垂落在信纸、稿纸
　报纸、餐巾纸
　　以及翻飞的书页上
漫延无数细小的支流
它象征着什么
这变幻的思想的咒符
一滴，一个深渊
　一只沉沉的眼睛
它滚动、洇湿
　抽搐、扩散，然后
瞬间干涸

在这个过程中
　有多少往事活着
　　有多少细节被湮没
成为千古之谜
　有笔穿过
　　是誓言还是谎言

有感情被隐藏
　　只剩下褪色的背影
有开头是那么遥远
　　文字随风而去
像晚钟下的一滴冷汗
　　一次薄薄的颤抖
有灵魂呼喊着书写
　　面对纸上的污痕
　　　我显得多么轻

立意、词语、句型
在这被层层文字覆盖的世界上
深蓝色的墨水
一滴
它改变着什么
　　又被什么推动
它是谁的眼泪
　　湿湿的歌唱
它是谁的凝结的冰？
在这蓝色的汹涌的海洋里
　　留下或消失
有哪一滴
　　是我的心
　　　心上的爱情？

1994.12

玫瑰谷

因此我总留下一串串脚印
长成那里草本的根
在每一个雾起雾落的日子
酿制独醉的情韵

含羞草

不要碰我
我是一棵含羞草

我害怕触摸，害怕拥抱
害怕突如其来的爱情
像飞鸟
在我的叶片上嬉闹
害怕生活中
那五颜六色的游戏的云
使我迷乱，把我缠绕
在我静悄悄的世界里
只有踮起脚尖的风
和羞红了脸的太阳
我仿佛是一个隐藏起来的秘密
飘忽着，在大地上摇

呵，那一刹
是什么触动了我的憧憬
那最初的凝望，吻和叹息
我的叶片震颤了
我的心在跳

61

一阵巨大的幸福正悄悄降临
我被触动了，我期待着
轻轻垂下婴儿般柔软的睫毛

我用羞涩，向世界吐露着爱
在我胆怯的叶片下
你可以看见一颗燃烧的心
一双温柔的眼睛和
躲闪的睫毛

当我重又睁开眼睛
你已走开，雾正消散
我的心像大地一般空茫
于是，人们不再问我的痛苦
对爱情，仿佛
说得太多，又太古老
一阵阵的雨水流下了
我依然站立着
张开我悲哀的叶片
那里
被打湿的美和真诚
在阳光下闪烁

不要碰我
我是一棵含羞草

逃来逃去的眼睛

逃来逃去的眼睛
蛛网捕不住的
黑色精灵
它兴奋的羽毛
在最深的红晕背后
闪闪发亮

在一杯牛奶中
在凌乱的床上
在衣服的皱褶里
这流浪的吉普赛轻轻啼叫
哪里都有它
用火焰琢出的
诱惑的爪痕

子弹追不上它
歌声追不上它
当猎人无望地转过身来
却发现
它正轻轻地
落在那颗心上

玫瑰谷

久久地迷失在
紫雾弥漫的山谷

痴痴地陷落于
那样一种灿烂的颜色
如岁月，如微笑
如你的怀抱
香甜而寂寞地开放

于是远离尘嚣之上
花瓣缓缓地降落
那样一种随意的飘零
透彻了许多人生
有一种幸福叫沉浸

因此我总留下一串串脚印
长成那里草本的根
在每一个雾起雾落的日子
酿制独醉的情韵

云　朵

蓬松的云朵

停留在天空的唯一的一朵

干爽的，带着太阳和风的香味的

静若止水

这是咱们的云朵

那时你俯身向我微笑

然后伸过你的手

就是这片云轻缓地飘过

你的微笑留在了云上

光芒四射

无数水滴一样单纯的日夜

袅袅上升

干净，真实，一如生命的触摸

风吹云朵成为各种形状

四处散去

但又总会聚拢

以最初的温馨

笼罩我

几枝小黄花静静地开了
云影下永远有家
斜斜地停泊

看着云朵依然蓬松洁白
看着你依旧的身影
数数云朵下我们的日子
　一个，两个
我不禁想流泪
哦，云朵，永不改变的
依然是咱们的云朵
恬淡、深远、辽阔
我们的屋顶
我们屋顶下充实的炊烟
当我们回头看时
我们已在同一片云下
走过了一生

尝 酒

饮

一杯红宝石般颤抖的小小嘴唇

吻我

冰冷的，柔软的，陌生的

齿缝间渗着小小刀锋的笑意

优雅地用湍湍热流

割断我的喉管

让我记住：血浓于水

然后

就放许多野兽

在身体中乱走

它们恐惧什么

疯狂什么

逃避什么

顶撞什么

它们兴奋的皮毛擦亮火星

它们斑斓的嚎叫告诉我

欢乐加水是酒

痛苦加水也是酒

最后

极度的焦渴使大火燃烧

使我塌陷

呈现出旧日的废墟

火焰之下

一张历尽沧桑的脸

——

玫
瑰
谷

夜　车

夜车沙沙而过
两个人的夜车

深水之下是更深的睡眠
车轮晕眩
呼吸灼热而闪亮
一些梦呓随风飘浮
若小小的闪光的岛屿
她的发与他的臂纠缠
成一株柔曼的水生植物
辽阔在浅浅的辙印里

一条匀速游动的鱼
透明、安详
荡碎路灯的泡沫
一波波柠檬色的光晕
恍若无终

夜车沙沙而过
两个人的夜车

项　链

—玫瑰谷

光滑的　冰冷的
一圈圈盘据在爱情的中央
这条　嘴唇之下
心脏之上的　蠕动的蛇
不分季节的
紫红色的藤蔓
它神秘的光环
诱我走进一片风景　又
陷入另一片风景
语言离去了
脸庞离去了
漫长的躯体上只剩下这
永无休止的符号
我守望了一季又一季
红玛瑙凋谢
金刚石枯萎
这些石头的濒死的花朵啊
而它仍像一堆健康的绳索
缠绕着我并留下
最生命的痕迹

呵，你沉甸甸的手臂

1991. 9

石榴石指环

一月。我看见火

它站在一年的高处

向心的位置，移动

飘摇，灼热

一束瞬间的花在指上缠绕

它闪亮你的梦打开你的命运

在生命背景的最深处

它转过小小面颊火红着说

幸福曾很遥远

但现在很近

正如指上这枚光润的太阳

温暖，真实，使岁月纯粹

1995. 1

海蓝宝石

石头的水
盛在阳光的杯子里

这是孩子的眼睛的颜色
这是站在辽阔海边时心情的颜色
这是天空有一只鸟在飞的自由的颜色
这是用钢笔写下"怀念"两个字的颜色
这是裙子、风和航空信的颜色
这是母亲手缝的围裙和布鞋的颜色
这是铺格子床单的双人床的颜色
这是为幸福流泪为平凡的日子内心纯净的颜色
这是你对命运说"不"并对它微笑的颜色
这是沉思的颜色
这是生活的颜色

一滴
但永远不会干涸

1995. 1

紫 晶

坚韧的，结实的
留有紫荆花的芳芬
是那种高贵的紫色
是金光和海蓝混合的紫色
那种酒，是大幕拉开后生活的沉淀

微笑与泪水都是期待的珍珠
紫晶，紫荆
正用一生的芒刺
编制时间的王冠
谁是生活的受难者
谁又是一生的主人

一颗遥远的星星
在生命的上空闪烁
暗示着
痛苦、欢乐、宁静
赤脚走过的女人
留下了一片紫色
那么深，那么深

1995. 1

我留在高高的山顶

我留在高高的山顶
和一片寂静，一个身影
天地茫然如海，我独立其中
世界远去了，像一场旧梦

狂风撕扯着，夜多么寒冷
欢乐和痛苦在这里都要结冰
遥远的桌上，两只茶杯缓缓破裂
寂静……我听到一页信笺飘落的声音

最后的夜里有最短的文字
那唯一的一笔，仿佛写了整整一生
为什么头上的流星一闪而过
竟是你那不可捉摸又不能忘怀的眼睛

在忧郁沉积得最深的夜里
我的心被岩石擦伤了，一阵阵疼痛
在高高的山顶上，人生逝水
一切都在怀抱中，一切又都飘零

黑色长发

黑色长发沸沸扬扬
你临风而立
满怀爱的形状
看它浅浅一飞，起落恰好
那缓缓弯曲如微笑
　　跌荡你的心
让你尝尽人生纷乱的滋味

黑色长发轻轻走动
脚步微妙
　　呼吸半掩半遮
它的血液用成熟的光照耀自己
燃烧成一蓬小小荆丛
你赤脚走进尖刺
而心在你的脚下
你甘心情愿的血开放出
　　酸酸甜甜的花朵
那一根根锐利的柔丝
抽打你
　　束缚你
　　　亲吻你
总让你在夜晚感到疼痛

黑色长发静静垂落
那份神秘的企盼
　你始终无法理清
它陷你于无边的黑色沼泽
缠你的剑缠你的手缠你的心
那无声的暗示
簇拥你
　淹没你
　　融化你
你似乎捕捉到满把的幸福
但张开手
　却仅滑过几缕
如流水般凉凉的梦境

黑色长发忽远忽近
在太阳下就使你颤栗
一片黑暗中只有这一条
亮色缎带
漫长如飘摇的手臂
席卷你
　击中你
　　召唤你
诱你今生今世永远地追赶
那条黑色的地平线
无始无终

小　巢

百灵和鹧鸪在沙地上做巢
秧鸡和大雁在草丛中做巢
喜鹊和黄莺在绿叶间做巢
呀，呢喃在天地间的圆圆的小巢

小巢中有生命在嬉戏，它啄啄羽毛
风更加纯洁，密林涌起一片波涛
我看见鸟儿们闪动的信任的目光
我说亲爱的，请在我的肩上筑巢

衔长满锈斑的枪管做树枝吧
和平是深重的，却又有多么亲切的味道
在腐烂发黑的枪托旁
一只纯净的鸟蛋在闪耀

爱情，说不明白

—
玫
瑰
谷

爱情不是一天一封信
信中缠绵的无数个吻
不是耳旁的誓言，不是并肩同行
不是解剖台上的麻雀
任你冷静地一点点梳理
不是数字的相加或相乘
不是眼泪，那场泣血的游戏
美丽得动人
当你有一天说出"爱"的时候
那爱便失色
它正悄悄逃遁

爱情是你永远不知为什么也不愿明白
它是不完美的，心永远的不完整
是不必再说出什么，永世不宣的秘密
是逃避中空气神秘的流动
是沉默，是两棵树面对面站立
坚守脚下的小小角落，不被触动
是理智，却又痴迷得愚昧
是从不清楚结局的任性
是一片很美的月光落在身上

你却永远不能把它拾起

当我们懂得了爱情的时候
那手里握着的
却已是一块石头
又冷又硬

1991. 9

致伤口

当某一天我醒来看到世界
我忍不住大声呻吟它给我留下了胎记
玻璃破碎的声音尖器而灿烂
那温柔的一击使我窒息

月牙形的伤口很动人，很深刻
鲜红的花朵流淌着，细蛇样美丽
在断断续续的火焰的滴落中
一条根，裂我的心成为永恒的秘密

跛脚的命运从此要我载负着它
粗砺的世界上注定要有两个身影
荆棘丛中那默契紧紧缠绕着我
在面孔与面孔之间我已无法逃离

长路上唯一的泉眼是我的伤口
我吸吮它　像是吸吮母亲
一种温热和甜腥使人欢快迷茫
我感激，我怜爱，我纤弱无力

它像一个不常用的道具躲在衣服的幕后

却又每时每刻出场，牵动我的惊扰和哭泣

走到夜深人静时它却害怕抚摸

它是深渊，它便是最合理的生存

在伤口上玩笑像在观光风景

在伤口上接吻像在做游戏

在一层层所谓痛苦的覆盖下

我藏起夜夜谎言的恐惧

直到有一天我们都已疲倦

在各自的领域里点数生命的阅历

爱与恨都已揭晓，在共同的灵魂深处

在最后的棋盘上，看我们相扶相依

1988. 8 北京

美丽的错误

玫瑰谷

千百次回旋之后
落在你的身上
晶莹的、细小的
呼吸样薄的雪片

而你是太阳
你眼睛和手掌的光芒
使幸福暖暖流下
使我融化，消失殆尽

一生中美丽的错误
总是这样猝不及防
每个花瓶都可能被打碎
每颗纽扣都可能错位
每把钥匙和锁
每扇门，每一分钟
在我走过的日子里
总丛生一些弯曲、恍惚的风景
咪咪笑着的，有几分娇憨的
与所有痛苦不相关联的

那厮守了我一生的美丽的黑色花朵呵

是使我懊悔

还是庆幸

连 词

哦，你跳来跳去的小小连词
火焰的连词，精灵的连词

爱和被爱
伤口和心
微笑和嘴唇
谜语和等待
你任性的选择让我欢乐又悲哀

在飘忽不定的爱情之上
你构筑神秘的船和桥
你是主宰

惊慌中失手打碎了语言的金链
那些碎片在瞬间失之交臂
啊，该怎样去解释
幻境和真实
水和火
道路和断裂
永远和不再

七月水淋淋的花

七月水淋淋的花
灰色雨滴中唯一的风景

以水、爱、空气活着
从花心到边缘动荡不安
它肌肤冰冷，通体透明
仿佛地心深处的一柱喷泉
点点滴滴，晶晶莹莹
任雨水顺流而下
用清澈的诺言
照自己的影

红是一种颜色
等待是另一种颜色
它燃烧又熄灭
在雨中模糊不清

七月水淋淋的花
一片空白

电话不通

—玫瑰谷

按照你当年留下的那个微笑
一拨再拨
没有声音

十年，电话不通
十年的等待不通
十年的邮路不通
十位数字如流水
滑过我干燥的掌心
你在城市那端
或者仅隔一堵墙
那十年的电话线路
是直是曲
必已长满青草

放下电话的那个瞬间
我想象你的声音
第一个音节，可还是
"想"？

转出街角僻静处的电话亭

满城已纷纷下起雪米

当我如雪花般沉默时

你一定在倾听

红
纱
巾
——
李小雨诗选

不 安

屏住呼吸
听电流嗡嗡而过
震颤我的血管
没有电话铃声
这颗心就这么卧着
比盗贼还镇静

空气稀薄
窗子打开又关上
鸟声摇摇欲坠

那悬空的手指
穿过第几条街巷
停在谁家门旁

我张嘴但没有声音
一些我需要的词汇
还没有赶到

悬 念

电话突然中断　成为悬念

他的地址变了　成为悬念

下雨时他带伞了没有　成为悬念

他赶上飞机没有　成为悬念

他在另一片云彩下生活得怎样　成为悬念

他是否还会回来

　能否见到我

　　我们还会有今生吗？

都是悬念

声音的悬念

面孔的悬念

心跳的悬念

命运的悬念

我和他的悬念

四周人群的悬念

泪水的悬念

微笑的悬念

一万种未知的感觉

悬在头顶

悬念是寄生的
它顽强的根总扎在
一个人的雨夜或梦中
它靠回忆的幻想活着
为另一个人开淡淡的花

它隐露一点美丽的红
是相思还是野花或是流星
它诱我失眠一生咀嚼一生猜测一生
编织最凄美动人的爱情故事
像一个吝啬人聚拢财宝
在没有底的口袋上
　编了又拆、拆了又编
包扎我不安的伤口止我眼泪的血又
　撕裂我的心

它是影子、永不散去的雾
失掉的光、没有落地的球
它是宿命又比命运更值得珍爱
它是隐藏的另外一些东西
它使所有的人们
　一半在地上
　　另一半在空中

惊惶而又甜蜜地

我，他，人们

有无数结局却又永无结局

如此。悬念了一生

那殷殷切切丝丝缕缕的爱

已成为一生的大爱

使我负重

是谁抓住悬念轻轻一提

提起来的

　　是整个人生

无 梦

—玫瑰谷

这是你轻敲的屋门
这是你留恋的小灯
这是你惯坐的椅子
这是你迷醉的温馨

这是你喜欢的长发
这是你吻过的嘴唇
这是你深陷的静夜
这是你带走的那颗心
——所有风景都聚在我屋心
等你
却偏偏

一夜无梦

沉　默

没有嘴唇
那里是两块巨大的岩石

坚硬。厚重。冰冷
只沉沉叠起
只以自己的方式生存

一道闪电
一条密闭的缝
阴影中，谁能看见
一颗牙齿挨着另一颗牙齿
紧紧地咬住些什么
铁质的时间断裂成
永恒

紫红色的裂口很苍凉
无论是血还是声音
都不能滋润

没有谁让它开口
没有
沉默
构成世界最硬的部分

琴

琴弦微拨　塑你
成有声和无声的背影

那一段漫长的变奏
　已完成多年
有音符四散成风
　成模糊的面容
何处追寻

往事沁凉如海
而你　面向门外
　声音之外
静听那蓝蓝的生命的涌动

书中的故事

我们是深藏在哪本书中的故事
哪一章，哪一页，哪一行
被谁写出
　　被谁看到
　　　　又被谁
在暮色渐浓的黄昏
从寂寞的书架上
　　拂去薄尘，轻轻地
　　　　打开又合拢

从第一个字起
就注定了我和你的缘分
这五号铅字滴落满篇的
恩恩怨怨，冷冷热热，酸酸甜甜
如嘈嘈复切切的
　　断珠
凉凉地敲打
　　在盘、在枕、在握、在心
我们于是撑一把伞
　　在字里行间行走
那幽幽的水意

便从缝隙中

　　弥漫出来，平平仄仄

使书页很潮，很湿

直到最后一句

那一波跌荡的省略号

　晾了十年

　　　仍有水声

以一行文字的光芒照亮生命

一页、两页、三页

掀动的都似沙沙的身影

沧海横流，流成两双

　装订复又叠起的脚印

一滴墨，是水是火

是悲剧还是喜剧

我们其实只是一叠纸

沉重或轻松那是你捧在手中的事情

我们其实只是些很平常的话

抓在手里是碎片

飘在空中是落叶

我们其实仅仅是两个名字

一个在西，一个在东

在书中

开始了一回高潮了一回结束了一回

哭了一回笑了一回走了一回

只希望在合上封面时

有几个真正的字

　横看竖看

寓在书中的哪个空白之处

　让一颗心

　　读懂

让我们爱吧

让我们爱吧
当树叶在飞旋、沙石在滚动、山岩在颤栗
当暴雨轰然来临，雷电撕裂大地
当大雪纷纷，只有一点灯火在摇曳
在这个时候让我们爱吧
让我们把爱情的大门半掩着
闪身溜进去
相通的嘴唇、眼睛、心跳和手臂
就是我们生存的依据

让我们爱吧
大地闪闪发亮
海在远方喘息
风诱惑地把我们的头发
和山林搅在一起
隐隐的，从伊甸园深处
走来了亚当和夏娃
……
但是让我们一起对着时间说
不！这只是个幻影
看我们将用那一个字

改变大地和天空的意义

让我们爱吧

在你的乌黑的头发里

我幻想永远是黑夜

我这个幸运的迷路者

来丛林里探索一切秘密

我坐，我卧，我放纵马匹

去开垦这片永远也走不出的领地

而我更喜欢看你微笑

额发遮住了眉毛

在炎热的太阳的照耀下

一切都将昏迷

让我们爱吧

爱，就是拥抱生活

就是真实地暴露自己

顽强地表现自己

就是超越以往的冷静和程序

在这个朝气勃勃的世界上

我们不再发出羞怯的叹息

让那些苹果纷纷坠落吧

现在已不再研究那个陈旧的问题

听风和大海在远方召唤

每一片树叶都在更新自己

在你的不断升起的帆影中

我将战胜死亡的恐惧

让我们爱吧

这是两点间最短的距离

让我们用夜的明朗、辽阔、纯洁

论证这个真理

让我们用心和手臂的默契

论证这个真理

让我们用千百次飘落后的新生

论证这个真理

这时，天空光辉灿烂

遍地已开满鲜花

鸟儿在飞翔歌唱

太阳温柔而甜蜜

让我们站起来，依照自己的感情

跨出一步

让我们张开手臂——

1981.9　泰安

天长地久

那默默的凝视将成为永恒

泥土深广，时间似水
　绵长的梦想
　　成两座山峰
早已不再寻找，各自
　风化的足迹
只静静地坐看那些
　握不住的往事
　　像飘浮的云影

天空低垂
两扇门，却永不能合拢

陶　罐

据说
第一只陶罐是女人做的
因此，她塑一条
浑圆的、隆起的曲线
朴拙而安详地立于
万古苍凉之上

西　安

总是遗址总是陵墓总是
　　出土的新闻
总是寺塔总是高墙总是
　　鱼鳞瓦的房檐
连李白的月光
都穿着宽袖的长袍
连碑林的狂草
都吟哦七律和五绝
在华清池洗一个贵妃的澡
在瓦鼎里煮食羊肉泡馍
在戏台下访梨园弟子
去学一出唐戏
然后骑着三彩马
去大雁塔诵经
去谒拜秦始皇
去看他的兵马俑操练队列
去出入阿房宫找寻高梁大柱
　　熏染皇族气派
去楚旗高飘的篷帐里参加鸿门宴
　　并发表高见
最后去灞桥

折一支青青的柳条儿
哦，西安，西安

所有大街小巷
都横平竖直地伸展着
如书十二个朝代的
千年正楷
用青砖铺就、铁汁浇灌的
端端正正的方块字里
凛然一代代帝王的威严
有大火有兵变有
　幕后的窥探
有头颅落地有血溅宫门有
登基大典
用陶土的、青铜的、烧瓷的
　石雕的、金银的、丝绸的
　　堆砌的
恢宏大城啊
一枚皇帝的玉玺使用了千年
千年在发黄的烟尘中
沉沉落卜
刻印了最早的伟大
最早的繁华
最早的文明和
最早的

黄土无情无边
一枚带齿的带箭楼的
灰色的玉玺
哦，西安，西安

直到波音 707 从天上飞过
我才感到
这确是我的西安

丝绸之梦

月薄如水

烛光也如水

照中国

如一条卧蚕

吐悠长的丝

于九百六十万平方公里的

叶片

那冰若肌肤、光若初雪的

丝绸的大河啊

有推波叠涌的悄然无声

有暗香袭来，梅影颤颤

有逼人眼目的缭乱的光斑

有幽深的大柱与大柱间

妃子软软的脚步

有编钟鼓乐里

龙飞凤舞的灿烂鳞片

铜镜中

重织一曲黄河之水

重织一缕大漠孤烟

重织一座座高台烽火

重织一垛垛城门
一册册诗篇

哦　中国
月下松旁的中国
手捧竹简的中国
瓷瓶叮当作响的中国啊
你丝质的文化
使石刻的、铜铸的
沉沉的华夏之魂
飞扬起来，升华起来了
今夜
在蝉翼般轻薄
波浪般滑软的
丝绸的大河里
有哪一位郑和要去远航
要航出一条西又复西的通路
成为飘带了

陶 罐

——半坡之一

据说

第一只陶罐是女人做的

因此，她塑一条

浑圆的、隆起的曲线

朴拙而安详地立于

万古苍凉之上

我披发的母亲

裹着兽皮的母亲啊

她指向

最纯粹的泥土、水和火焰

世界就这样诞生

诞生成

一条有孕的曲线

一个婴儿在腹内蠕动

一枚果实正在成熟

一轮太阳

一个人死去重又复生

一个星序的倒转轮回

一个四野与天穹的完美闭合

一只陶罐

于是一切生命
便都有了密密麻麻的指纹
于是许多声音都在天地间
流浪着，喊着母亲
于是陶罐便朴拙而安详地立于
万古苍凉之上
以她的宽容
以她的淳厚
以她的丰盈
以她的永世披风沐雨的牺牲
饮母亲低沉温存的心跳声
饮鼻音的摇篮曲
饮乳汁流成的滔滔黄河
饮一根骨针的细如丝线的声音
当赤脚的母亲站起身来
开始最初的第一次播种时
陶罐倾倒了
从里面涌流出无数
金色的小小的种子
——人

永远的鱼纹

——半坡之二

—
陶
罐

站起身来，站起身来
朝向汹涌冰冷的深水
因为母亲的鱼纹
大河涨潮了

午夜的黑暗里
声音的光凝聚在陶罐上
那一条条流动的几何图线
变幻不定

且歌着、舞着、飞翔着、上升着
且呼吸那混沌初开的风
喃喃着磨光了龟甲的
咒语和祝福啊，沉淀了
凝冻了，成篝火上暗红色的鱼纹

那是我们流动的灿烂之血吗
那是我们流动的精壮之液吗
最母性、最生命、最繁衍的大河啊
从源到源，纹我们

生命的密码和图腾

用陶罐汲水
汲柔软坚韧的波浪
让我们深游其中
游成绵延不息的鱼
游成世世代代的太阳
游成浩浩荡荡的强盛的部族
曾源于水，又复归其中

而当陶罐里的水早已干涸
那暗红色的、黑色的鱼纹
却仍在黄土和残片中
炽热地游动

红纱巾 —— 李小雨诗选

尖底瓶

——半坡之三

——陶罐

就这样永久地站着

成为一个象征

如撒哈拉废墟中

那一列风雨洗白的石柱

如爱琴海边那一座

半残的断臂美神

六千年的风很寂寞

柏拉图和孔夫子的低语也

模糊不清

你暗红色的修长身躯

你薄薄的瓶壁

在另一个世界里

是一段空白的梦

真想与你一起

做这场智慧的东方游戏

想看你自动沉浮又自动汲水

那一定很好看，很新鲜，很轻盈

如不带出土气味的泳装的虹

或者就听你轻轻地溅落
听咕噜噜的水泡上升
听你不由自主地
流泻动听的咒语
听你滋润深远的创造和繁荣

然而我只能隔着玻璃柜，看你
看你的原始，看你的静默
看你只是史前母亲怀中的
一个小小水瓶

就这样永久地站着
以你的尖底，以你的纹身
你想说些什么，又没有说什么
你是一些暗示，一些启发
一些深醒，或者
你只是一只小小的尖底瓶
却又不是
你是一尊可被今天无限雕塑的
象征

沉积层

——半坡之四

—
陶
罐

六千年就在脚下不远处
十米深，四层
十米深下是灰烬
　　房屋、黄土的一瞬
时间的一瞬
然后又是一层
然后又是一层
然后又是一层

发思古之幽情是多么容易啊
才薄薄的几层
就有了那么多要流的泪了
就有了那么多要佩戴的
　　枯萎的花了
就有了那么多慨叹
　　被篝火烤热的
就有了那么多思想
　　碎陶片般的
历史简单得如一本四页的书
要我破译那上面

密码般的残迹了

然而谁能说出
沉积层每一立方米的密度
就像旋于宇宙的太阳
不能说出的光热
就像深于泥土的大树
不能说出的永恒

青铜之祭

陶罐

夏启和夏桀都打仗去了
汤和盘庚都打仗去了
商纣王和周武王也打仗去了
透过人面和牛头的盾牌看历史
那段历史原是一只
踏着遍地尸体和血腥走来的
沉重狰狞的
三足鼎

惯用石器的部落
第一次冶炼出来的
沸腾的金属汁液啊
荡荡乎四野流动
流动成满田生长的箭镞
成饥饿疯狂的青铜饕餮
成永无谜底的
厚重的云绮雷纹
成一座巨大的凝然不动的
青铜之城
（借九鼎且为国家造型）

这一场滴血的进步

美丽得叫人心惊

一双暴裂的大眼

压我成一粒喘息的灰尘

猛然惊醒

那青铜祭坛上的火却仍在燃烧

投深不见底的森森阴影

且祭那最后一场

为那些骁勇的灵魂

然后我要再化

第二次铜汁和锡汁的庄严的

鲜红的混合流体

不做矛戈

只铸编钟

巨石之擎

不知曾有什么年代从这里经过
只知路旁的这些巨石
生长雄浑的中国断代史

那经千年而不残的
宏大石兽群啊
或卧，或扑
或走，或吟
如将军的跑马
踏匈奴而嘶鸣
如帝王的雄狮
抖疆土的强盛
如开垦初荒的牛
镇守岳岭的虎
亿万人的躬身
亿万人的投斧
河之沸沸，海之荡荡
都化作微微抬起的一只
蹄爪
待落下时
便是又一番

踏飞燕而席卷的雄风

巨石如影

兽群隐隐沉沉

像那些太久的年代

只遗下几条筋腱

便牵动了束发青衫的

强健的民族

在灯下闻鸡起舞

在月下凿河拉弓

便牵动了一群群

热血的灵魂

凭栏抚剑，仰天长啸

唱"满江红"

便牵动了史记和狂草

铺满天满地的野性和自信

因为这一群跃动的石头

张衡的浑天仪说

蛋黄般混沌的大地

便要开裂

要孵出来一个

不可征服的

嘹亮的生命

给兵马俑

坚守着秦王朝的最后一块领地
在地下五米深处
你们威严矗立
以两千年未曾脱卸的
战袍的队形

看遮天蔽日的旌旗方阵啊
听沸沸扬扬的马嘶车滚啊
抚寒光逼人的矛头刀弓啊
拔剑一长啸，你们
把咸腥的血
都喷溅成一垛垛长城了
把长城
都翻越成铁马金戈的史书了
而站在这里只是个驿站
到最后
一座又一座关峙
只是一阵又一阵烟尘
齐楚燕韩赵魏的天空
只是秦时的一轮明月
而你们也都只是

明月草丛中

永不还乡的

一领铠甲

悠悠

这铠甲一去便两千年了

报捷的羽书也去了两千年了

浩荡的"秦王破阵"舞

却仍在鼓角杀声中

透过厚大坚实的秦砖

隐隐地击奏着

一统天下的

万千壮士的英勇

到再列阵再整装时

我看到

地面上的麦子早已黄了熟了

一个光屁股的孩子

一缕炊烟

便把你们都

轻轻地

覆盖了

碑林之一

我是研着中国墨长大的
宣纸和石头的孩子
在无数淋漓的碑帖中
我迷失了自己

我是狂草
像挣脱了形体的翻卷的龙
裹漫天纵横飞扬的雨
滚满地奇险万状的风
在洋洋大河中
露一闪而过的鳞角
从斑斑云雾中
落飞流直泻的群星
我是大篆
像沉郁悲壮的锈斑铜鼎
敲厚重的嗡嗡浊音于
　　浑圆的天野
客万物于磅礴的四方之中
我是象形的一匹马
一只鸟，一枚月亮
我是写意的

草长石瘦，井底幽深

我是宇宙中

最完美最神秘最尽情的

线的建筑石的舞蹈

我是一点一划而歌而泣的

　　流转无穷

但我只是墨

是会呼吸会沉思的墨汁

在一个个方块字与方块字之间

在一排排青石碑与青石碑之间

我是缓缓流动一千年一万年的中国

我是你永不更改的血型

碑林之二

——
陶
罐

渭水如带

无声地流过

这片白色的石林

文化

一条粘稠的河

太大的密度

使每一个分子

饱和着智慧和血液

巨大的张力

托起一串串石头的浮标

向苍茫的未来

沉重地流动

而入石三分的墨迹

却似游走的神龙

挣脱刀刻斧凿的禁囿

在轰鸣的巨流中

飞闪腾跃

一层一层

纸屑、枣核、果皮

覆盖着五千年的文化

碎石、断碑、残片

竖起一个个

破损的惊叹号

一组石头的编钟

悬挂在理性的支架上

冷冷地

朝向透明的夜空

啊，这是永不拆除的脚手架

在远古和未来之间

召唤着——文明

临潼石榴红

陶罐

又是一年
临潼石榴红
红似她脸上的胭脂泪
热烈得叫人心碎
凄楚得叫人心惊
安禄山的大火已烧近宫阙
华清池外
马蹄纷扬，传十万追兵
那一年
石榴却依然静悄悄的
红透了，红透了
染得一方罗巾，半壁江山
斑斑血痕

从此
点点滴滴的琉璃子
尽藏在风中雨中
那半吐半露的她的名字
扰得众多文人
弹离弦咏别恨
把他们俩的故事抒写得

酸酸甜甜

任你去摘

任你去尝

任你去品评

而今捧一个金瓯

百代兴亡

却依然如汤似鼎

石榴也依然

千树万树地红透着

依然晶莹

依然是千年那抔土盖着

依然是千年那阵风吹着

犹如敲响千年那

满山满树

长生殿的钟声

嘉峪关燕鸣①

陶罐

且击石问卜，向五百年
坚厚的城墙
且听那啾啾燕鸣
"鸣则归，不鸣
则永不再回"
一只燕子，啼着
五百年未变的
卦言

真奇怪
竟有那么多燕子
黑色的，灰色的，双翅剪剪的
栖成关墙雉堞上的砖石
栖成祁连山下戍守士兵
生死的命运
栖成古战场上
一次次的出征
一次次的兵戈相拼

---

① 传说古代士兵出征时，投石向嘉峪关城墙，若有燕鸣声则会得胜回
来，听不到则难以返回。

青锈渐渐爬上铁门，爬上
守望士兵的关节
弓再也拉不开
箭孔和敌楼在黄沙中
呆望成一只只冰冷的眼

"关隘以东是家乡——"
塞外风永远地吟唱着
墩台齿隙间的长城
依然是一条黑黝黝的卧龙
依然沉埋于万里风雪
此时
守城士兵家乡的那只燕子
一定啾啾着掠过那片油菜花
飞去做巢了

嘉峪关
盔甲和燕子

敦　煌

在那一片流沙的下午
梵文铺满戈壁的下午
白莲花为我而开

千莲怒放
有佛微微张目
有菩萨，半裸的深情的
有弥勒用各种坐姿
有九色鹿用摩尼宝珠
都为我讲
莲的故事

我的心便化为飞天了
那风便清凉凉的
那洞窟便渺远
那世界便淡而又淡
那檀香
那管弦

从三危山上俯瞰人生
该是一种什么境界呢

璎珞、卷草、垂幔的

神秘曲线啊

更醉我把一粒粒的

本生故事

都穿成念珠

醉我以双耳听禅

醉我的肉体

生在东方

幻想

长在东方

灵魂

不灭在东方

醉我在你的胸廓里

寻找那一片逝水

睡成水中央的

那一朵莲

然而我的黑发

却贪恋洞窟外的斜阳

不知为什么

在千佛的指尖上

却越剪越长

越理越乱

千佛洞飞天

—陶罐

从没有谁问起过你的身世
就这么飞飘在风灯烛影中
以一抹红妆蘸几点淡淡莲花的乡愁
说你就是以心为翅的小精灵

飘带托起你原是个轻软的梦
嫣然一笑玉佩叮叮成细小的游龙
纵然指尖上洒落纷纷的暗香花雨
也敲不醒那静坐的一口口古钟

于是叹息那洞壁太幽太深
一点香火，总看不成月光，看不成萤
总想追点什么，寻点什么，你欲回首
又愁未曾收拾千窟里滴落的更漏声声

从此一粒红豆常在沙漠中哭醒
想那一片净土无梢又无根
月上了你的影子还在东方飞翔
我轻问你是愿意化蝶还是化蜂

阳关烽燧

就这样
以一种叫人流泪的姿势
屹立着
屹立成戎装勇士
　精壮的身影
屹立成随风敲响的
　叮当甲胄
屹立成横吹万里"关山月"的
　鼓角
屹立成想回也回不去的
　望乡之星

大风起兮，流沙滚滚
大漠倾斜了，沉
　悲壮的最后一杯煮酒
沉两千年苍凉的军歌
沉夕阳如血，如战场
如暗红色的壮士之魂

这时真想有一柄剑
挑高燃的阳关烽火

催坐马把落日嘶圆
挑所有的未竟之志
挑所有壮士的须眉
成搭在马背的弓

哦，叹千年历史
不过几个城堞排过
暮色已浓
我却仍要用手指
读霍将军的热血
读汉高祖的大风
读拔地突起的
倚天怒指的
残堞烽影

阳关啊阳关，今晚
从离人泪中看你
该尽是
千种万种
说不完的
英雄

雨中行走的人

一个人在雨中行走

在旷野的冷雨中行走

把羊群和细长的鞭梢都留在家里

把遥远

把旱烟味儿的温暖都留在家里

揣着手

沾满泥水的脚只是行走

那时草还没有长出

岩石和黄土把雨水蒸发又吸干

黄的雨水中长出黄的长城

　　黄的脸　黄的风沙

天涯啊

何处是你苍茫的一点绿色

而长城默默无语

他也默默无语

冷风卷起他的衣襟

他走在天上

走在河床上

走在粗砺的锄把上

走在干裂的老羊皮上

他只是行走

这是日子的一部分
雨水和脚印
都只是生活的一种过程
开始和诞生
而他知道
雨比沙要沉
与雨珠一样闪亮的
还有小米的光泽

在甘肃垄上
在一个久旱无雨的地方
草啊　树啊　禾苗啊
一个人在雨中行走
一个人和雨
成为最动人的风景

1995.10

长城随想

以一支羌笛的苍茫和飘洒
我发现那些历史已经风化

谁被埋在大漠里，那是谁的心跳
我企望那一轮圆日，流淌的光华

沉浮千年的道路起于哪一片砖瓦
梦很简单，足迹很复杂

哦，那是我的骨肉我的伤口
我万劫不灭的长城欲说还休的话

杜甫草堂

陶罐

公元七六〇年的风吹着
杜甫草堂的茅草四散飘零
一支笔气喘吁吁地追赶
他呼，他唤
他长歌当哭，漏夜无眠
他以血作墨
咳着，踉跄着
他的字从此又消瘦了几分

此生只需一蓬茅草！
一蓬茅草的重量，再加上一支笔
就是诗人的一生！
谁比杜甫更懂得饥饿和寒冷
为命运，为苍生野老
写遍世上的艰辛与不平

在浣花溪畔望草堂
为什么那茅草干枯的影子
总比绿李黄梅高出几分？
因为埋葬着诗句、埋葬着
广厦的理想、诗歌的理想

所以世上的风总是咸的

有泪水的滋味

只为守望着那一份热爱和感动

在草堂，我上下寻找

怎样的茅草可以遍植中国，照亮诗径？

风撩起一丛白发，如浣花溪畔

蓬蒿飞白，芦荻飘零……

二郎山之秋

陶罐

二郎山
我从你燃烧的红叶间穿过
我们的车，擦着了漫山火焰
冷杉、杜鹃、竹海、苔藓
连同缠绵秋雨
一起滴落成绚烂的红色
那回声
又热烈，又清冷，又空旷……

盘山公路。急转弯。在天边刹车
锁住轮下的任意一条
不知名的深藏的小溪
看红叶在河水中下沉
它们飘去的方向，全都
朝着一个雨雾包裹的小城
——天全

秋深了，霜重了
撒在泥地上的盐粒更亮了
月光下钻出深山老林
鹿群闪闪的枝角和眼睛

划破阴霾和黑暗

成为秋夜里绝亮的闪电

2005. 10

日月山

陶罐

这是海拔最高的爱情

从东土大唐到西域吐蕃

4877米的高风吹着，日月山耸立着

从日走到月，一双绣鞋，几辕车马

使迢迢来路更远了几分

在最高的山巅上

纤纤公主转身回望东方

日月宝镜里，大唐不在

长安已随丝绸飘远

母亲的脸一闪而过

她望乡的泪水倒淌着

使历史发烫

这里只有猛烈的西北风

吹着她小小的名字：文成

王朝、民族和男人的战争

都挡在她的身后

一点红唇能否让刀枪剑戟没入荒草

日月山不知道，茫茫来路也不知道

那遍山的羊群中哪一只是她——

被命运牵领着，走向这最高处的祭坛？

然而一切都沉落于云雾之中
再迈出一步就是茫茫草原了
一件皮袍，一条灯芯，一环绿松石，一只鹰
照耀这辽阔的世界
她将恩泽于这更辽阔的每一片草叶
经幡飘扬，在西域辉煌的神祇下
还空着一个少女的位置

一千三百年，风中的神
用藏语喃喃地颂着：文成公主，白度母——
她丢下的日月宝镜
让一座山有了说不尽的爱和伤痛

2007. 12

石油河

中国的第一波油浪
携龟甲、陶片、青铜和千年大梦
喷薄而出
在古长城坍塌的垛口下
汇成一条黑亮粘稠的大河
在井口涌动

给中国的第一口油井 ①

1907，当标号中国的三棱钻头
沉沉地落在黄土高原
那一刻，模糊了数字的东经和北纬
倾斜的交叉点上
太阳轰鸣，群山逶迤，大漠旋转
东方的大秦之地第一次微微颤动

龟裂脚掌下这不知名的一点
中国的第一波油浪
携龟甲、陶片、青铜和千年大梦
喷薄而出
在古长城坍塌的垛口下
汇成一条黑亮粘稠的大河
在井口涌动

那时曾祖母正坐在炕头纳鞋底
她的针尖，从不知道什么叫油井
那时腰里别着辫子的牧羊人
翻穿羊皮袄

---

① 中国的第一口油井于清光绪三十三年（1907年）打成，在陕北延
长油田域内。

在石油中翻拣种子和牛马
他们仰头回望
矿山啊，铁路啊，石油啊
从什么时候起，都站成了
工厂的烟囱和冒着白烟的火车
光绪那年，空气里总有些异样
满坡的玉米
刷拉拉地举起了红缨

中国的第一口油井
其波荡荡
那活命的波涌，大地的乳汁
日月出没其间，汗珠抛入血脉
兽爪在旁，鸟翅在上
犁和闪电，在几个朝代中耕耘

时间从第一滴流尽最后一滴
百年沧桑，看井口的星星
已坠落成大地的回声
只有黑色的铁链晃动着
油迹斑斑，锈迹斑斑
一切都已凝固
眼睛都已凝固
但你是百年的守望者
曾经捧着的那团火

仍从那不知名的东经和北纬，涌出

一线　一滴　一朵

落在曾祖母的小油灯里

照亮家园与山河……

延安枣园：大光明①

石油河

把石油与火藏在细小的花心中
金黄色初夏的雨
沙沙的阳光和风
每滴原油都有着
琥珀的明亮，糖的甜
那毛茸茸的油香也都有着蜜蜂的嘤嗡
成千上万朵重叠的枣花瀑布般泻下
又一条延河的美
已升降成漫溢的浮云

那些勘探队的红旗啊
高原上的井架啊
那些沉重的管道、地心的油浪
那些报表、红蓝铅笔的规划图啊
大地提速的车轮、炼油厂的烟囱
那些淌着泥水的日子
电话铃响彻的日子
此刻，都在枣花中闪现
在油海中浮沉……

---

　① 延长油田石油总公司设在延安枣园。

而在枣园，延长石油的大楼——

花香和油海的总指挥部

日日夜夜，亮着一扇扇蜂房的灯光

它负责把地下的美搬运到地上

然后酝酿，开花，结果

并且运送秋的憧憬

那位身穿灰军衣、膝上打补丁的伟人

哪里去了

他和小八路都已隐在枣花丛中

只留下一行脚印，解释着

什么叫革命——

革命就是分开砂岩和页岩

把石头变成油

就是从枣园出发

在腰鼓和秧歌的队列中

走来头戴铝盔的石油工人……

枣园

在金黄色的窑洞旁

在枣花落满一身的日子里

我发现了藏在历史深处的又一口油井

金黄喷涌的、绵长润泽的

它叫延安枣园

或者叫石油延长……

在黄河

在黄河，
一捧黄土，
一支船桨，
一个泥做的太阳。

脊背和土地。
鱼网和柳筐。
我们的历史，
我们千百年打着旋涡的历史啊，
难道只能在锈蚀的青铜器上，
才有你的语言和形象？

于是我看见了铝盔，
看见了铝盔一样闪亮的目光，
看见了目光一样激荡的
黄河水，
看见了黄河水一样滚过的
井场上的泥浆。

渡口啊，
快运送炊烟和密集的钢！

我想在南岸

看输油管道的焊花，

我想在北岸

听河口大风的歌唱。

那黄土中

母亲的泪早汇入了波浪，

留下的是原油，

新鲜得闪光。

钻塔群！

用钻塔群筑成两岸的大堤，

锁住崭新的故事，

听我们唱……

渡　口

在渡口，我的歌，
亲吻着摇摆的渡船。

猛烈的风，从西向东，
把黄土高原和一条大河，
直吹到海边。
黄的茅草，黄的沙地，
麻黄色的大雁。
连雁叫声都染得太黄了，
掉进波浪里，
惊起无数个旋。

阳光好亮，亮得刺眼。
那一片片乌黑的钻塔群，
那一圈圈低矮的庄稼土院。

啊，一部历史
一部有五千年身影的历史，
正越过兵马俑和古长城，
从塔下和庄稼院里，
跨上渡船。

跨上渡船了——
马车上的花头巾，
花头巾下晶亮的眼，
蓝杠杠的工作服，
工作服上闪着油斑。

从此，北方再不是悲哀的，
它有烈酒，有火枪，
有夕阳下奔腾的马匹，
有渡口，运载唢呐串成的丰收调，
有好风，推动一船船钻杆！

哎，传说中斗浪的羊皮筏子，
藏进了哪个旋涡？
今天渡口上，永远不沉的是
突起的肌肉，
古铜色的肩！
啊，好水手，该是
牵动一条大河的
钻工，庄稼汉！

苍茫中，渡船启动了，
排水管吹奏着粗野又豪放的歌，
渡口，深深地沉下了吃水线……

红
纱
巾
——
李小雨诗选

岛

像一抹云，像一片帆，
一座小岛露出茫茫水面，
起风了，一朵浪花能把它淹没，
鸟飞来，一只翅膀能把它遮掩。

而今，我们来这里安营扎寨，
向大淀借岛，升一缕炊烟，
听队长喊：感谢你，小小的陆地
暂且做水兵的第一块甲板！

每天，亮晶晶的汗珠烫沸了大淀，
报告祖国，我们在浪尖上钻井勘探，
看，泥浆喷涌，钻杆飞转，日日夜夜，
直震得波涛飞卷，小岛摇颤。
说什么寂寞，"后脚出屋，前脚进淀"，
那每阵涛声都像是报喜的鼓点！
攀上井架，蓝工装和水鸟同鼓起翅膀，
抢运器材，一支篙和鱼群同划破水面……

任狂风几次吹断运输线，
任潮水几次漫过床板，

没有粮菜，却有诗画，
嚼口芦根吧，味道里有苦，更有甜！

这哪里是岛，明明是一座钻台，
这哪里是岛，明明是一眼喷泉，
只待明天，队长一声喊"起钻！"
汹涌的油浪将汇成另一片大淀！

沙

一粒沙。

一粒坚硬的沙。

一粒被发黄的岁月掩埋的沙。

沙的旷野上，永远是

枯萎的红柳，

褐色的蜥蜴，

干渴和疲乏；

沙的世界里，永远有

地质包，放大镜，

深陷的皱纹，

闪动的白发。

……日光和月光轮流走过，

在地质师的衣服上留下了

和沙地同样苦涩的碱花。

啊，

只有他和茫茫的一片黄沙！

然而快乐是多么简单，

就像装满沙样的地质包，

就像从一个井架

跋涉到另一个井架，

就像翻过沙丘的深深的脚印，

带着喜讯，

一步迈出好大……

没有机声，没有欢呼，

没有苇叶的喧哗。

地质棚里，

只有千百次重复的

屏住呼吸的白天和夜晚，

只有千百次重复的

默然无声的双手，

永无休止的地层的变化……

当含油的岩屑又一次

从他的指间轻快地滑下，

在这一立方毫米的、

小小的油沙上面，

便诞生了钻塔的生命、

村镇的炊烟和朝霞！

让微笑永远深藏在他的眼中吧，

一粒沙，也有它的祖国，

也有它的感情，

也有默默的

无穷无尽的话……

一粒沙，

一首最短的诗，

一个最单纯的晶体，

就像一颗心，

永远不会风化。

1981. 11 山东，胜利油田黄河入海口

前线——五号桩

红
纱
巾
——
李
小
雨
诗
选

向前五公里，是蓝，
向后五公里，是黄，
在黄河与渤海的进退中，
一支铅笔，圈出了五号桩。

因此，这里既单纯又浑厚，
太阳让盐和芦苇同时生长，
好像这个世界刚刚诞生，
只有很硬的风诉说着空旷。

拉开散兵线——出发！
我们的五台钻机，
五台斜挎粮袋和铝盔的钻机，
在旋转的风沙下，
用发烫的刹把一尺尺地丈量，
丈量通往原油和胜利的道路，
有多么艰难，多么漫长……

"今日进尺——三千米！"
这数字轰隆隆地在电话线中流淌，
五张捷报，从钻台同时飘落，

雪和海鸥，飞上指挥所的矮墙。

杯子里的水慢慢沉淀了，
沉淀出一层浑浊的黄，
就像那些难忘的日子
留下的闪光。
那些普通的人们，
那些深井和超深井的
指挥和钻工们，
从五条小路赶来，
抖一抖肩上的风霜，
说：和祁连风沙相比，
和我们走过的路相比，
它是一杯糖。

明天，
也许由于黄河的淤积，
海将渐渐逃遁。
那么，就让镶嵌在泥洼地里的
贝壳和海鸟的爪印
指示我们走过的道路吧——
在钻杆和钻杆之间，
只有一个方向：
前线——五号桩！

我们石油河的指挥们

—— 之一

无数个电话，无数份汇报，无数项合同，
组成了宽大的办公桌。
我们石油河的指挥，
喜欢这有秩序的混乱。

争论、倾听、分析、命令，
一切都不像他在休息十分钟
稍微放松自己时吟出的诗句，
那样轻松。

这个家当太大了
几十万颗心，几千米深地层，
还有沉重的共产党员的责任感，
和国家的命运。

因此，他制定规划，他要冲锋，
这一场搏斗从玉门直到大庆，
指标、速度……也许并不单是产量，
还有企业管理和婴儿的哭声。

那些以往的经验和教训，
那些从历史风雨中带来的泥泞，
那些寒冷的日子……正渐渐退去，
像窗帘投下的一条影子，躺在公文堆中。

超越这些障碍，清理它们，
并和现代化签订一份合同，
也许这样做要付出更大的努力，
他却仍在希望下签署了自己的姓名。

这时，他凝望着墙上的地图，
喝一口茶，像将军盯着进军的士兵，
那一座座钻塔就是一支支步枪，
将军微笑了，他感到疲乏又轻松。

片刻的宁静。一缕香烟
融进窗外深邃的天空。
还能再发起一次冲锋吗？他不由得想
转身拿起红铅笔，推开药瓶……

我们石油河的指挥们

——之二

一百万！一百万！一百万！
沉甸甸的数字，沉甸甸的信任，
压得他受过伤的肩膀，
隐隐地痛。

这每口井国家的巨额投资，
使他的脾气变得苛刻和暴躁，
在不顺利的时候，
他甚至会骂上几声。

但当他从钻台上跳下来，
满意地搓着手，眯起眼睛，
看着他风中扯破的那片衣襟，
你立刻会涌起另一种感情。

上顿饭是在哪里吃的？
只记得碰头会后，就车轮匆匆，
那么，这零下十度的夜，喝口酒吧，
一半是为了胜利，一半是为了……伤痛。

一千六百万 ①

—— 石 油 河

一千六百万。
我听见
一千六百万，
在输油管里滚动。
这黑色的、琥珀色的原油，
在寒冷的鲁北平原的地下，
冒着热气。

对于我们九百六十万平方公里的
　大地和天空，
它是血液，是生命，
是捧着希望的厚厚的手掌，
或者，它是中国制造的
一只引擎。

中午的阳光透过井架，
照在这个数字上，
它很烫，很重，
仿佛许许多多的生命，

168　① 胜利油田1981年的原油产量为一千六百万吨。

许许多多的日子，

尘土和歌声，

在这一刻，都缩写成

这个躺在办公桌上的

静悄悄的八位数字：

16，000，000。

这使我们渴盼和焦急的数字啊！

这使我们欢笑和流泪的数字啊！

它有干裂的嘴唇，

熬红的眼睛，

它从泛潮的黄泥地上走过，

从撕破的蓝杠杠工衣上走过，

在寒冷的荒地上烤着篝火，

在颠簸的车厢里打一个盹，

喘着气，带着盐碱和风……

这个数字，

是所有

钻塔和加热炉的总和，

是所有

集油站和储油罐的总和，

是所有干劲和心血的总和，

它再也不是粉饰过的夸大，

也不会再锈蚀在管道中。

我贫瘠和繁荣的大地，

裹着轻雾和幻想的大地啊！
我相信，
它绝不会是这里唯一的数字，
将来，它定会在钻头上
加一个零，再加一个零，
但它曾充填了历史，
点燃了这个时代，
并给我们营养、欢乐，
和不可战胜的光明！

将来，
在白雪覆盖的鲁北平原上，
会有一代又一代的孩子们去上学，
当他们跨过长长的输油管线时，
都会感到脚下有一阵颤动，
他们将永远不会忘记这一霎，
那热流，
会温暖他们的一生……

一千六百万。
我听见
一千六百万
在输油管里滚动。
这黑色的、琥珀色的原油，
在寒冷的鲁北平原的地下

冒着热气。

远处，咸味的海风掀起波浪，

大油轮已拉响汽笛，

蓝色的泡沫在升腾。

在无数高高的井架上，

抛起了铝盔。

钻工们，

为它起锚为它送行吧，

这一千六百万吨

流遍世界的

纯洁浓重的感情⋯⋯

七千米钻机和钻井船

石
油
河

我攀上七千米钻机，
遥望茫茫大海上的钻井船，
我骄傲，这里崛起了
新的岛屿和高山！
我骄傲，我祖国的风，
可以自由自在地
从七千米钻机
直掀起海洋的波澜！

组成这岛屿和高山的
钢的冲撞，浪的翻卷啊，
喷涌着泥浆，飞旋着钻杆，
沉重的大钳，一闪一闪……
大工业，
以流动的信息和最新的科学，
以精密的数字和冷静的电键，
以超深井的进尺，
超常规的速度，
占领了平原和海湾的
最高点，
开发着感情和希望的

深藏的油田……

鲁北母亲们头戴铝盔的儿子啊！
走进研究所和资料室，
整夜不睡，
为了一个大胆的方案，
那钻机上和书本里的
中文和外文的大字，
仿佛最青最青的杨柳条儿，
把迟来的春天拂颤……
当他们登上最新式的钻机，
一切都变成了历史——
低矮的抽油机，
过往的牛车和旧式的管线。
只有黄河岸边的母亲的心，
像离得最近的星斗，
即使在最远最远的钻塔上，
也能看见！
啊，那就是祖国，
带着创伤微笑的祖国，
原油般浓重的期望和情感！

我攀上七千米钻机，
遥望茫茫大海上的钻井船，
越来越多的岛屿和高山！

我看见在我们亲爱的国土上，

现代化正哗啦啦地

绞起沉重的锚链……

——
石
油
河

地上和地下的争论

有，还是没有？
探井问砂岩，
规划问储量，
今天问明天。

那转动多年的抽油机，
那弯弯曲曲的地震测线，
那冒不出油花的干枯的井，
那每只扳手，每把管钳，
都参加了这场
同地下的论战。
并且，这场争论蔓延着，
从地质研究院
到图书资料馆，
从国家计委的办公桌，
到每个中国公民焦急的眼！

含油层，大规模的含油层，
有，还是没有？
深，还是浅？
浓，还是淡？

我不是地质学家，

不懂得怎样分析地层剖面，

也不会把那些密密麻麻的井位，

像排列岩石标本一样，

从大地排到天边，

但我希望，

那地质图上的空白

不要像一团迷雾，

轻轻地挡住我们的视线，

那遗漏在路上的水泥啊，

也不要把地面封死，

让我们感觉不到大地的温暖，

用辩证法清扫这些缝隙吧，

必要时，还要加上鸡毛掸！

在胜利油田，我看见

一个工程师，

怎样从枯井里掏出原油，

把几千米深的距离缩短。

于是，在这口井旁，

我学会了把水、沙和页岩

化成石油的运算公式，

这是个复杂的组合分子式，

其中必须加上

科学和勇敢！

于是，我明白了
新的油田对于我们
需要最精密的两角规、地震仪，
一副会幻想的大脑，
和时代的高度责任感！
透过凝然不动的大地，
捕捉那些飘忽不定的
多类型油藏吧，
一切游动的和固定的，
一切分散的和聚集的，
一切已知的和未知的，
一切的变……
含油层，大规模的含油层，
有，还是没有？
深，还是浅？
浓，还是淡？

让我们用粗大温热的手掌，
分开地面，庄严地捧出：
一个和一千个胜利的明天！

女孩子、油工衣和毛线团

——石油河

每天早晨，
是她们手里的毛线团，
把我搔醒。
那毛茸茸的
有温热体温和感情的
毛线团。
它滚出好远，仿佛
一下子撞得满天通红。
太阳，也化作一个红绒球，
在她们怀里滚动。
"樱桃花"，"波浪花"，"柳叶花"，
一切春天的花都开在
这不开花的盐碱滩中。

长长的毛线调皮地抖动，
我真想扯着它，
一直走进她们的眼睛。
我看见：
井架、沉重的钢铁、坚硬的冰。
在洗脸水都定量的荒滩上，
她们穿着粗糙的工衣，

戴着潮湿的手套，
去推动柴油机和泥浆泵，
那些灰色和黄色的
油污和泥浆的花，
便开在蓝工装的前胸……

啊，花啊，花啊，
你生长在什么样的土地之中！

十八岁的年龄，
是开花的年龄。
这年龄是那样富饶，
只要有种子，就有花朵，
生活，就该从彩色开始，
无论井架，无论泥沙，
无论褪色的工棚……
于是，
一个蹦蹦跳跳的毛线团，
从几百里路外母亲的心上，
扯出了一条弯弯曲曲的
粗粗细细的小径，
它缠着沙柳的影子，
迎着旷野的风，
在渺无人烟的荒滩上，
在稀疏的芦苇间，

绕着井架滚动，

它跑着，闪着耀眼的光芒，

摇一串热情的铃……

啊，毛线团，它把

这个世界装扮得多么美丽啊！

蓝天下，

二月的风沙，十一月的冰，

一起变幻成花朵、鸟翅、

密集的焊花和烟囱。

那一条扯不断的彩色的线，

久久地依恋着

冻肿的手指、干裂的嘴唇、

匆匆飘起的一缕黑发和

微笑的眼睛。

这在我们心中成长起来的一切啊，

劳动，是多么值得依恋和珍重！

于是，在高大的钻塔下，

在飘着炊烟的工棚前，

一个女孩子，一件油工衣，

一点滴溜溜旋转的红……

一点滴溜溜旋转的红……

祖国啊，你就是这样，

从钢铁和毛线开始，

坚实而又温柔地

走进她们心中。

八点班，四点班，零点班，

当她们接连穿上油工衣

退回在井场时，

我便知道了，从此，

她们会以多么庄严的美丽，

度过她们的一生……

天上的云朵洁白又轻盈，

我们都是

在这些云朵下生长的女儿啊！

青春，都该有一段彩色的毛线

留在心中。

把大地缠绕起来吧！

我真希望每天早晨，

她们都用笑声，

敲我的小窗，

然后又用毛线团，

把我搔醒，

轻轻地告诉我许多事情，

许多许多，关于

女孩子们自己的事情……

茫茫祁连

——石油河

我常想起茫茫祁连……

那一场持续了五十年的战役，
夺油的战役，
父亲们的战役，
至今硝烟仍未飘散。

那一年，
裹着老羊皮袄的小钻工，
那一年，
扛过钻杆的庄稼汉，
那一年的
复员军人和转业将军，
那一年到如今的
所有的父亲们，
以及五十年坚硬的合金钻头，
排列成一道茫茫祁连……

茫茫祁连……
有吼声，有机声，
有风雪弥漫。

于是我更永远记得，
那缺氧的肺叶、
那急促的喘，
是怎样压痛了我的心坎！

茫茫祁连……
多高是雪线……

那飞流直泻的雪川冰瀑，
冲撞着，
那因缺氧而暴躁的大风，
撕裂着，
那过于稀薄和清冽的空气，
是怎样窒息着
父亲们的肺叶，
钻工们的肺叶，
使他们的肺叶，
干涩成两片沙滩……

今天。
那一年，
囊着老羊皮袄的小钻工，
那一年，
扛过钻杆的庄稼汉，

那一年的
复员军人和转业将军，
那一年到如今的
所有的父亲们啊，
又向儿子们移交了
这片油海，这支刹把，
连同这缺氧的肺叶，
哦，这是一笔
该怎样估价的遗产！

此刻，
面对茫茫祁连……

我看到小如火柴的井架，
正星散于戈壁滩上，
一群更小的黑点，
正肩负着井架向前，
我看不清他们的脸，
那些年轻人的脸，
也听不见他们
急促的呼吸，
我从未感到过如此沉重啊，
茫茫祁连！
但辽阔与强悍的高原风
却迎面扑来，

让我看到了

那钻井队的红旗

那年轻的红旗，

新鲜的红旗，

那如火焰般腾烧的红旗

正呼啦啦地

扩展如他们的肺叶，

渐渐饱满于风雪之巅……

啊，

这场必胜的持久的战役

请你作证，茫茫祁连！

淘金者
——听石油工人讲历史

淘金者，
是不需要姓名的，
他们把姓名都换了酒喝。

淘金者，
于是成年累月地
蹲在雾气沉沉的涧底，
掷生命于
冰冷刺骨的河水，
　成永远的
最后一次赌注。

直到命运
燃成一缕断续的香火，
然后或者暴躁，
或者疯狂，
或者绝望，
或者一个个死去。

这就是石油河

陡峭的岩壁上，
一排黑森森的窑洞，
荡起的黑森森的回声。

啊，这令人迷乱、
　使人眩晕、
　　叫人震惊的
祁连金矿啊，
你诱惑在哪一捧
湍急的水中？

这时有井架在山峦上浮动，
浮动如油罐车扬起的黄尘；
有一座山峰又一座山峰，
喧哗着从钻杆下滔滔流过；
有飞沙、石砾和雪粉，
从敞开的老羊皮袄中
　呼啸流过，
有遥远的驼铃和
　大头鞋的敲打，
从油污的行李卷下流过；
有结着厚茧的输油管线，
从红肿的肩上流过；
有陇北浊音的高腔号子，
从粗硬的胡茬中流过；

有远远的一弯祁连月光，
那么留恋地
从热气腾腾的皮帽上流过……

石
油
河

淘洗，
淘洗，
淘洗……

今天，
一位老工人坐在
石油河边，
默默地沉思。
他的手上捧着个
光芒四射的金矿
——玉门

于是我想歌颂这些
淘金者，
但这些淘金者
是不需要姓名的，
他们把姓名都化成了石油，
化成了茫茫祁连的
雪和风……

骑骆驼的普罗米修斯

骑骆驼的普罗米修斯，
你永远也走不出
我的视线。

那是在天空和大地
最寒冷的时候，
那是在中国
最寒冷的时候，
黑暗，
便因此而使所有的人们
都失明了，在那一晚，
你头发长长，
你胡子长长，
你决心使最长的黑夜，
缩短。
于是，你沿着
白骨铺就的路标
和
石油河飘忽不定的传说，
西出酒泉，
西出嘉峪关，

西出所有

望断的目光。

第一柄地质锤寂寞地敲着。

普罗米修斯，

骑骆驼的普罗米修斯，

裹着老羊皮袄的普罗米修斯，

背着背囊，

缓缓独行的普罗米修斯，

饮着雪水，

消化着骆驼刺的普罗米修斯，

满身伤痕，

头发迎风怒号的普罗米修斯，

在大山与大山之间的

裂谷里，

怀抱着一个希望。

那黑漆如胶的

地心之火啊！

那忽隐忽现的

强盛之火啊！

那能照亮漫漫长夜的

命运之火啊！

那能温暖老人和孩子的

母亲之火啊！

火啊！

又一次，

骑骆驼的普罗米修斯，

走。

又一次，

骑骆驼的普罗米修斯，

把身躯投向

如蛇般缠绕的尖刺、

沉重的岩石和

烈焰般的荆棘，

他的双手，紧紧抓住了

百米地层深处

L油层的断裂带，

在大风沙的破庙之夜，

一支铅笔，

从厚厚的深雪层和地质图下，

钻探出西中国的第一口油井

——希望。

这就是

中国古老的洪荒之地上，

用苦难和原油灌溉起来的

第一个神话，

关于原油，
我至今仍感到它的
温暖和光。

啊，孙健初①，你
骑骆驼的普罗米修斯！

---

① 孙健初：我国最早的地质科学家，曾四出嘉峪关，于1936年第一
个发现了玉门油矿，奠定了我国石油工业的基础。

访中国第一任钻井队长

这个老人腰很直，腿很硬，
这个老人一见面就谈油井，
他亲昵地数着27井、42井、96井，
就像唤自己孩子的小名。

讲油井的故事都从"油娃"开始，
苦涩得像五十年前的黑面馍馍，草席棚棚，
他最早来到老君庙，连同一身精湛手艺，
直到铁锹和旧式钻机上挖出了一个玉门。

他说到老八井的大火，护矿队的斗争，
怎样从敌人的炸药堆中救出了油井，
历数过去的故事总奇怪有那么些感慨，
他还记得拉骆驼的王进喜怎样成了他的徒孙。

他透露打井的真本事是在井下，是"听"，
听得出钻头碰上了页岩还是砾石层，
有一次他曾让钻工们空拿起电话耳机，
为的是在病床上听听隆隆机声，过过瘾。

他最信奉的条律是技术过硬，
他最痛快的活儿是打危险的高压井，

他一上井就兴奋，就瞪着"井漏"、"井喷"，
钻机一响，几天几夜不合眼，冻馍啃出个胃病。

但他也有最害怕的：半夜敲门，
他说半夜敲门没好事，准是出了险情，
井的命，弟兄们的命全在他刹把上悬着，
为钻工们的安全帽他跑遍了几千里路程。

我问他一辈子打了多少口井？
他神秘地伸出两只手掌，又翻了几翻，
凭本事吃饭他却哪里也没有再走，
今生今世就守着他打出的这么些好井。

说起打井他也有满腹牢骚，
说有的领导不懂行，年轻人太不认真，
他扎围裙的老伴骂他：也不多给你钱！
他却夸起了他的老伴：十八岁从四川嫁到玉门

东拉西扯地全是一个"井"字，
他滔滔不绝，嬉笑怒骂，两眼炯炯有神，
他仿佛又回到了钻台上，做所有油井的统帅，
我忘了祝他长寿，只记着祝他年轻。

我访问了玉门的第一任钻井队长，
我说我见到了玉门的第一口油井。
写这首诗我不想加任何一点修饰，
因为我怕污染了玉门神圣的第一口油井。

第一片雪花

远处是白茫茫的钻塔，
远处是白茫茫的井场，
远处是白茫茫的田野，
白茫茫谁也望不到边的地方。

孩子在帐篷周围转来转去，
看汽车印伸向四面八方——
父亲也许正踩着积雪匆匆赶来，
大头鞋上结满了冰霜。

他扶刹把的时候一定很威风，
他的手能摸到地下几千米长，
他的拳头就是钻头，能粉碎岩石，
他脚下的石油河滚滚流淌……

孩子想着父亲，那英勇的钻井队长，
他离开家的时候，蒲公英还没有开放。
他说他就要回来，就要回来，
当第一片雪花飘落的时光。

孩子把柔软的小脸，

轻轻贴在晶莹的雪花上，

啊，石油味儿，机油味儿，烟草味儿，

这浓烈浓烈的父亲的芳香！

—石
油
河

一个女地质师的西部传奇

她穿上登山服就去了，
她仅仅知道，
在西部，
罗盘和地质锤最适合生长。

因此，她的岁月，
只属于干热风和冰达坂，
属于肆意漫延的青石头，
属于伸长烈焰的红沙漠，
属于旅人都长成野草的
空旷和荒凉。

地质图上，
热情的曲线飘飘扬扬。
她在大陆的板块与板块之间，
搜寻无声无息的时间的波浪，
她潜入白垩纪深深的裂谷，
俯瞰地心深处翻滚的岩浆，
在流水侵蚀的陡峭岩壁上，
她是游动在
　　三亿年前的一尾鱼，

在最高的峰巅

和最低的盆地里，

她手持地质锤，成为

原油的最初的

象形文字。

在魔鬼城里，

她听过骠骑劲旅

　喋血的合唱，

在博格达峰，

她触到大熊星座的冰凉，

她看到了人烟，

却永远也走不过去，

而无论多么遥远的石头，

却总在向她放射

　神秘的磁场。

在荒丘迷失的山脊上，

一只鹰指示她

被口含的石子救活，

在万籁寂静的沙地夜晚，

龟兹国的汗血马

曾衔她到有水的地方……

她是在幻想湖里

洗过澡的吗，

为什么她的短发

都飘成了沙柳？

她是在游荡湖里

乘过皮筏子吗，

为什么鹦鹉螺和树干

都石化了，

而她沉甸甸的背囊，

却证实了

热情、勇敢与她，

将结成永远的

共生矿？

她有过成功，

但更多的是失败，

她没有成为英雄，

但石头和原油，

多少年来，

又有谁能够遗忘？

……她穿上登山服就去了，

她仅仅知道，

在西部，

罗盘和地质锤最适合生长。

她一直走到

今晚祁连山下，

这位女地质师，

这只罗盘，
带我去饮
西大陆
最动荡最迷人的
月光……

黑甜甜

没有鸟儿的地方
怎么会有种子呢?
没有泥土的地方
怎么会有花朵呢?
没有雨水的地方
怎么会有果实呢?
然而有了你,
才会有这黑甜甜呀,
抽油机旁,
闪着黑眼睛的小姑娘!

从此,你软软的小辫子,
要塞在一顶
油污的工作帽里了;
你匆匆的脚步,
要去数那些
翻不尽的山梁了;
你要从一口油井
　到一口油井
　　到另一口油井,
飞来飞去地采蜜了;

那沉重的管钳要在
海拔两千七百米以上的
　　你的背上
敲打，敲打成
黑甜甜一样的
沙声歌唱了。

黑甜甜毕竟长在
这荒凉的乱石丛中了。

在太阳下
晒你紫红紫红的小果实吧，
在风沙中
洗你墨绿墨绿的小叶片吧，
穿蓝工衣的黑甜甜，
提采油桶的黑甜甜，
你行走在
连兔子也留不下脚印的
小路上，
连鹰也印不下影子的
小路上，
只有风，
吹起紧一阵慢一阵的哨子，
把你辽阔清冷的脚步，
独说给油井听。

石
油
河

在万山之巅，那
挂不住月亮的小小井口房，
你的手电，却永远亮成
一轮满月。

啊，
寂寞的黑甜甜
无端端地流泪了。

然而隔着大山，
是看不见你流泪的，
即使走过你的身边，
也总是寻不到你的踪影，
只看到风沙又厚了一层，
只看到一条条输油管线
　蜿蜒而过，
那是被你的鞋子磨亮了的
你的小路啊！
只看到冰雪和炎阳
　又一次消融，
那每口油井的油涛都涌流着，
空气里弥漫着
湿润的甘甜……

黑甜甜的果实

使我们都充盈了。

谁能说出来，
在怪石嶙峋的丛山中，
黑甜甜的根有多长？

悼一口死去的油井

你已成为一个名字。

你断断续续
带着体温的原油，
今天早晨，
已流淌成最后的辉煌。

之后，你将死去，
被沙砾还原成戈壁，
当野兔和飞鸟从这里掠过时，
谁也不知道
曾发生过什么事情，
只有在夜晚，
一颗古老的星星，
哭泣着流浪着
找不到巢。

但祁连雪峰却屹立着，
证明你是英雄，
证明你是和第一只骆驼
一起来到这里的，

你曾和老君庙的风沙对过话，

你曾和石油河的波涛

一起壮怀激烈，

你最懂得

爷爷的白发和手掌，

因此你的丰厚的乳汁

　　和血和爱，

如喷如涌，

那黑亮厚重的原油啊，

复活了一个

荒凉的高原和时代。

就这样，你

默默地流淌，

几年，十几年，几十年，

你的老伙伴抽油机，

也嘶哑了喉咙，

牙齿快要松动，

你却依然不顾一切地

　　流着……

你的皱纹，

决不仅仅是风雨和空话。

因为你是母亲，

玉门才也成为母亲。

用阳光依偎过我们的
　　母亲啊，
我将永远不忘！
就像永远不会遗忘
灿烂燃烧过的历史，
永远不会遗忘
所有矗立过的井架。

在当年
钻井壮士拴骆驼的地方，
我栽下一棵心形叶子的
毛茸茸的小叶杨。

昨天晚上，零点整

昨天晚上，零点整，
有十个年轻人，
我的十个弟弟，
十个柔软头发的钻工，
冒着大风雨走了，
到狂风吹动大绳的井场，
到结了冰的黑夜中去了，
在通往井场的小路上，
在苇叶飘落的小路上，
昨天晚上，零点整。

这个时刻，
和以前的、以后的
许多许多这个时刻，
组成了十八岁的生命。
夜班，夜班，又一个夜班，
石头都困乏得蒙眬。
只有冻僵的手指，
单调的机声，
和远离世界的大风。
零点整。

前一分钟是昨天，

后一分钟是明天，

像两支永远叠起的指针，

重复着：宿舍和油井。

一切都多么遥远啊！

昨晚电视上五彩缤纷的生活，

那些书本上缠绵美丽的爱情，

和夜半的梦……

眼前是无数晃动的

　　钻杆……钻杆……

结成了坚硬的、

另一个夜半的梦。

失眠的黄河水不停地激荡，

这涛声多么荒凉，

在没有一丛树的碱滩上，

心啊，心啊，

该在哪里安静？

啊，这无处隐藏的苦闷！

你理解吗？

在这样的年龄，

有着篮球一样跳跃的心

和咖啡色夹克衫的

这样的年龄！

即使勇士，

也有着丰富的泪水，

当然更有着

比泪水还奇妙的感情！

当他们的头沉重地垂落，

当空旷的风又一次

扑面卷起，

那条通往井场的小路，

那条千百次

承载他们双脚的小路，

那条只长着瘦弱茅草的

弯曲的小路，

却又为什么让他们感到

原油的重量

是这样这样的沉……

——啊，妈妈，

我不是一个逃兵！

于是，零点整，

当他们

登上钻台、紧握刹把时，

我便知道，

这就是中国，

在昨天和明天之间行进！

在昨天和明天之间行进……
脚步声，
像黄河船夫的号子
又一次风暴般地响起，
那寒夜，
那湿透的衣服，
紧闭的嘴唇，
便化作历史巨大的
欢乐和苦痛！
中国，正走向黎明……

在昨天和明天之间行进……
他们走着，
打一个唿哨，
野兔奔跑，海鸟飞腾，
血液，
在充满活力的心脏和钻塔中流动。
无数个零点
延伸着这条艰辛的小路，
痛苦和欢乐在这一刻
紧紧交融。
用额上的汗装扮祖国吧，
让所有这样的时刻，

这样的夜班，
都记载着：
青春，即是黎明。

—石油河

昨天晚上，零点整，
我的十个弟弟，
十双真诚的、
　孩子似的眼睛，
从喷涌的泥浆下，
从低低的铝盔下，
勇敢地望着我，
这十双眼睛在说：
祖国，看我们出发得
多么美丽，多么英勇！
让那些
晚会，足球赛和歌曲，
让那些在我们生命里
既遥远又相近的一切，
轻轻留在枕上吧，
出发的时候，
他们没忘了带上门……

空旷的沙滩上，留下了
一条咸味的小路，
扬着海风，
昨天晚上，零点整。

最后的傍晚

我不是朝圣者。
当所有的大路
都伸向东方时，
一条小径和我，
揣着心跳，
蜿蜒向另一片
日落中的荒原。

那一片墓碑，高高低低，
如落潮的海滩上，
竖立的桅杆。
溅着风浪的日子
已成为过去，
在远离汽笛和哗笑的峰顶上，
帆，降下来了，
再也划不动那
如涌的群山。

那一片墓碑，沉沉地，
刻下了一些字迹，
在夕阳下一闪一闪：

"甘肃张掖人"

"甘肃花海人"

"陕西渭南人"

"河南安阳人"

……

我感叹，

我感叹那些

走南闯北的下大力的人，

我感叹那一场

创世纪的盛大的会战，

我激动

当冲锋号吹响时的集合，

那些站成石碑的

普通的人们，

他们是谁？

有红红的脸膛和络腮胡子吗？

他们是怎样离开家乡的？

他们为什么来到油田？

他们是什么工种？

爱唱秦腔还是爱哼京戏？

我觉得，

那沉沉的字迹里

总藏着些什么故事，

一个人的故事，

一个人走过的路的故事，

一个人和所有人的故事，

一个人和所有油井的故事，

它们展开如

戈壁滩各异的茅草，

但它们的根，

却在油城下紧紧地

结成一个个

生死相依的

环。

此刻，

用一床粗糙坚硬的沙砾

覆盖他们吧，

用一床终生相伴的沙砾

覆盖他们吧，

用一床随处可见的沙砾

覆盖他们、完成他们

最后的形象吧！

那些油井都有了名字，

而他们的名字，

却是永远的

沙砾、沙砾、沙砾……

铺满中国的

西部荒原……

群岛的山峰巍然肃立，

高原风壮阔地吹我，独自

来到这些普通的人们中间，

看脚下如血的野花怒放，

那样小，那样红，

看寂寞的荒草丛中打碎的碗，

看一望无际的

沙砾起伏，

看石油城遥远的灯火，

踱着，思索着，

涌起着一些什么，

不知为什么

我愿意这样度过

在玉门的

最后一个傍晚……

—
石
油
河

裹红头巾的钻塔 ①
——怀念女子钻井队

深夜钻台上

钻机已轰隆隆震响

一匹嚼风沙的铁兽投下了巨大的阴影

钻杆高悬在头上，滴着水，冒着汽

沉沉地压下来

你冲上去，努力推动大钳

咬紧那座

摇摇欲坠的山峰

你的棉工装上又是一层泥浆

而钻台上的冰让你的大头鞋滑行

你冻硬的帆布手套上是油污和泥水

这颤抖的刹把之夜、钢丝绳之夜啊

绞车飞旋，转盘飞旋，钻头飞旋

你手上细小的裂口是否感到了疼痛

铝盔下你被高原风吹红了两颊

---

① 延长油田活跃着一支女子钻井队。1978年，作者曾在华北油田女
子钻井队生活、劳动过一年。

你仍跃动不止，汗水和呵气都已结冰
脚下的冰又化成小小的水洼，你踩着
夜风寒冷，流沙细细，如蛇般滑行

石
油
河

漫漫长夜能打个盹该多好
此刻，毛线团滚动，红头巾闪过
小桌上有镜子，手机上有短信……
而列车房里的一切都已陷进无边的黑暗
夜是多么大啊
只有高耸的井架和你，和一团灯晕
你升起在黄土高原的万山之巅
你在飞，这一夜我恍若有梦……

直到你甩着长发走回宿舍
我真想轻轻地叫你小云、大凤或是玲玲……

椰　子

椰子说：那么
把我种下吧，
明天，我将长出一个海南！

夜

岛在棕榈叶下闭着眼睛，

梦中，不安地抖动肩膀，

于是，一个青椰子掉进海里，

静悄悄地，溅起

一片绿色的月光，

十片绿色的月光，

一百片绿色的月光，

在这样的夜晚，

使所有的心荡漾，荡漾……

隐隐地，轻雷在天边滚过，

讲述着热带的地方

绿的故乡……

1979 海南岛，凌水县

灯 塔

椰子

今夜，满天星星告诉我同一个消息：
到海上去，那里有一条温柔的路，
黄的，白的，溢满温煦的光波啊，
在大海上倾斜，在风涛上起伏。

海浪一层层织着离恨，
灯塔却照着无数前行的脚步，
给小鱼，给海藻，给漂浮的生命，
给轮船，给白帆，给晚归的渔夫。

它是从一个波浪到又一个波浪的桥，
它是大风暴中的缆绳和叮嘱，
它是一棵树，枝叉上结满了小巢，
沿着它能走进世界的每扇窗户。

从此我渴盼漫漫长途上那一闪的光亮，
像渴盼一支手臂高举着蜡烛，
假如没有那金黄色金黄色飘摇的手绢，
心与心之间会多么寂寞孤独。

天涯海角（一）

几棵仙人掌，几丛枯草
歪斜地，在沙地上摇

孤独的风爱在这里做孤独的回忆
忆礁石已老去，只留下空旷的海涛

一点帆在天边闪过
那么快，模糊了生命的信号

微茫中，一棵相思树结满了爱
系着这世界与天涯海角

1979　海南岛，天涯海角

天涯海角（二）

仙人掌沉思的叶片，
指示着到天涯海角的路。
寂寞的风，单调的海浪，
把三块巨石和我的脚印，
冲到这时间的尽头。

一切想说的都已说完，
三块巨石缄守着太阳的秘密，
它们从何而来，属于什么，没人知道，
只把孤独的影子留在沙丘。

一声海涛惊醒了心头的梦，
天涯海角，
我不是来寻找过去的哀愁，
也不是来追踪那永恒的爱情呵，
在这里我要喝干一杯海一样醇的酒，
因为我的思想
要越过这三块巨大的石头。

1979. 9 海南岛，天涯海角

沙

永恒的微粒

它是暗紫色的、黄色的
　黑色的、白色的
石英与长石的
细小颗粒
它是海洋与陆地的变异
它是沿地球做弧形滑动的波浪
它是浩瀚无垠，死寂无声
它是围困，用陷阱或幻想
既虚假又真实
它是蛇样的嘶叫
使负重的生命却步
它是一只手从沙中伸出
呻吟：水啊——水啊

它是历史不留印迹的飘尘
它是滑过指缝的细长的时间
它是幻想者修建的城堡
它是聚少成多
它是人群

它是生存
它是不可摧毁的

很多的沙聚在一起
很柔软
但一粒沙
也会使你眼中流泪
一粒沙
也会使你在梦中
惊醒

椰
子

红 豆

在天与海的尽头

该粉碎的都粉碎了
如残破的贝壳
该隐瞒的都隐瞒了
如厚厚的沉沙
该忘却的都忘却了
如弃船的枯骨
该凋零的都凋零了
如孤独的海烟
该有梦的都梦过了
如一闪而过的鸥翅
该流泪的都流过了
如蚌内柔柔的盈珠
该结疤的都结疤了
如紫黑色怪状的礁石
该痛苦的都痛苦了
如辗转抽搐的暴风

那么
你为什么还要

生长在这里
你这棵瘦弱摇晃的
　面海而孤独的相思
每日每日
那如血的滴滴红豆
　　　　　红豆
　　　　　红豆啊
垂落
在世界的尽头……

椰
子

　　　　　　　　1979　海南岛，天涯海角

椰　子

一只椰子，陪我上路，

一只黄褐色的

沉甸甸、毛茸茸的椰子。

摇一摇——里面，

有一片南海在翻卷，

外面，隔着厚厚的岸。

呵，快让我越过这沙滩吧，

我迷恋大海，

那粼粼的波光，

那闪闪的白帆……

椰子说：那么

把我种下吧，

明天，我将长出一个海南！

1979.9 海南岛，榆林港

橄　榄

一枚青色的、
坚硬壳子的橄榄，
像海岛的早晨那样的青色。
我不明白，
这异乡的酸涩的果子，
它结出来是为了什么？
——我们相隔着二十多年。

我也不明白，这海，
是怎样涌进我的生命，
为什么能
隐藏一切，包括
痛苦与欢乐，
只留下一片
空旷的沙滩？
——我们相隔着二十多年。

这海，是酸呢，还是甜？
我看着这枚
青色的、
坚硬壳子的橄榄。

1979 海南岛，海口

糖棕榈

糖棕榈,

沿着割开的口子,

往外流着晶莹的蜜,

甜蜜的雨……

发酵的河流,

熟透的木瓜,

沉重的菠萝蜜。

呵,为什么我像小孩子一样,

喜欢一切甜蜜的回忆?

我真想,

在每一片椰林下的咖啡店,

在每一个人伸开的手掌上,

在每一条路上,

都种上一棵

糖棕榈。

让这三个字,

在所有人的嘴里慢慢溶化,

让一连串

晶莹而甜蜜的日子,

透过包裹着海岛的彩色玻璃纸,

缓缓地流去……

1979. 8 海南岛,海口市

花　恋

─
椰
子

每天早晨，
我愿意是一双眼睛。

我愿意所有的花的精灵：
用娇羞的、热情的、
　神奇的舞姿，
在我的睫毛上跳
永不终曲的太阳之舞，
用迷乱的、缤纷的、
　强烈的色彩
在我的瞳孔中出入
出入成蝴蝶，
成黎族姑娘旋舞的统裙，
　成重重叠叠的岛屿，
　　成飞飘的海浪，
　　　和风……

而沾满花粉的浓香，
如一罐存放多年的爱情，
轻轻启封，
那甜蜜和忧伤渐渐袭来，

使我在永恒的花期里，

睡成一只不醒的蛹……

每天晚上，

我愿意是一颗心。

1979 海南岛，海口

红纱巾——李小雨诗选

热带植物

从赤道线上赶来的

花朵、果实、种子，

遮住了山和海的

花朵、果实、种子，

在风儿的伴奏下，

跳着舞蹈，如醉如狂。

那是旋转的太阳的舞、

摇摆的道路的舞、

扭曲的风暴的舞啊！

就连看不见的黄土下，

粗壮的根也在互相纠缠，

鼓荡着沸腾的生命的汁液，

于是，出现了光线和振动，

出现了生命奔放的再创造

　和无数变态，

生长、成熟、死亡……

　与台风和摧毁

竞赛着力量，

在炎热的滴着汗的中午，

硕大的花朵、果实、种子，

把对生活的狂热的信念，

荡在扬起的尘土中……

热带鱼

南方，
多情的海浪，
游弋的热带鱼。
无数
闪着鳞光的星群，
从温热的细沙上流过，
在燃烧的珊瑚丛中栖息。

哦，你停在海底的蝴蝶和小鸟呵，
你亲吻着水草的蝴蝶和小鸟呵，
闪亮的尖刺，
柔软的长须，
像轻滑的捉不住的梦，
带着顽皮。

仿佛绿草地上
滚过了热情的波浪，
一阵阵风儿散了又聚，
我的心也像浪花一样欢愉；
我相信
所有的鱼儿都能

听懂我的话：

彩色的海永远不会褪色，

这个世界是多么美丽！

——
椰
子

1979.8　海南岛，琼海县三八潜水队

东方螺

为思念大海，
它把海贝的色彩涂染；
为眷恋高山，
它又把壳筑成小小的尖。

于是，在夜丁香的浓郁中
东方螺爬过了
草丛、礁岩，
留一条银白的线。

……月光下，
慢慢行进着
小小的东方螺，
行进着——
山的影子、海的梦幻
为的是，
哪怕在睡梦里，
也让你记住
海南……

1979 海南岛，海口市

237

风　暴

一
椰
子

我没有遇到风暴，

但我看到了大潮，

我看见无数匹黑色的浪头，

撕扯着月亮奔跑。

摧毁着，摔碎着，

愤怒的漩涡，疯狂的横扫，

天与海，在燃烧……

这是风暴的歌谣。

我没有遇到风暴，

但当雨中有一颗星在闪烁，

我的心像经历了冰冷的回忆，

重新在阳光下跳跃。

我想起防风林那干燥的树皮

折断的枝干上长出的新条，

我想起捕鱼的网，割胶的灯，

以及在海滩上奔跑不停的赤脚，

呵，我懂得了风暴

和风暴真实的含义了，

——那无时无处不在的

生命的骄傲！

1979.9 海南岛，文昌

红
纱
巾
——

李小雨诗选

涨潮之日

椰
子

待回首已全是，
满耳涛声。

吱呀的桅杆已经沉没，
风信球惊慌地旋转月轮，
跟前有飞鱼跃过，
在成万顷的波涛中，
岸只成为一个名字。

自那一条淡淡的命运之弦射出，
我便不再梦想沙滩，
任双脚的踝骨，
铿然撞出
暗蓝的火花，
任猛烈的流星雨携我
去射
每个漩涡的靶心，
涨潮之日，我向何方？

疯狂骚动的南中国海啊，
火焰的海，直立的海！

溅轰鸣的飞沫

合唱我颤栗的灵魂，

浮我去拾那最高的波浪吧，

在永不崩溃的

　　海之城堡上，

　　　修补我残缺的生命！

海之舞

南方之海在太阳下燃烧，
涌起了连天的连天的火苗，
金裙子的姑娘，银裙子的姑娘，
手拉着手儿狂舞着飞飘！

生命的热情像一阵阵海浪，
消失了追逐着又在升高，
静止和虚空早沉入人生的海底，
生命在追求每一分钟的痛苦和骄傲。
在粉碎的浪花下，在平缓的冷静中，
每一个浪头后都涌起更大的潮！

呵，大海，跳着生命的舞蹈！

南方之海在太阳下燃烧，
涌起了连天的连天的火苗，
金翅膀的羽毛，银翅膀的羽毛，
重重叠叠柔软地飞飘！

黑岩石紧闭着嘴唇屹立，
锁住一个灵魂，一段冰冷的风暴。

椰子

242

海浪低声赶来，轻抚着它，

溅的是浪花，流的是泪珠，同样滚烫美好，

岩石用回声重复海浪的耳语：

每一个漩涡都是一个铺满阳光的巢。

呵，大海，跳着真爱的舞蹈！

南方之海在太阳下燃烧，

涌起了连天的连天的火苗，

金飘带的星星，银飘带的星星，

看不见形影地闪乱着飞飘！

深海处有珍珠寂寞地生长，

像没有光的月亮，没有香的花苞，

海浪徒劳地搜寻，在地心深处涌流，

喘息着，回返着，伤痕道道。

藏得最深的渴望，才最美丽，

但更美丽的是执着的寻找！

呵，大海，跳着美丽的舞蹈！

大海跳着生命的、真爱的、美丽的舞蹈，

一个宇宙在海面上轻轻地摇……

1979.9 海南岛，大东海

正 午

——
椰
子

这一刻，

日影渐渐缩短，

海岛凝结在这一点。

时间凝结在这一点。

市声凝结在这一点。

汗水中蒸发着：

岩石上滚烫的阳光，

沙土上烤焦的叶片。

困乏的道路，睁不开眼。

单调而困倦……

逆着阳光，海，在延长，

延长着，雨的渴念……

1979. 8 海南岛，海口市

盐　迹

终日在波浪里钻出钻入，
浪花赠我一身蓝色的衣服，
躺在沙滩上做个海的梦吧，
一层盐迹悄悄爬上皮肤。

细小的晶莹的盐粒呵，
太阳的光斑，大海的晨露，
暗暗渗进我的身体，
渗进了我的血，我的泪，我的汗珠。

呵，我的生命也变成一片大海了，
有悲伤，有欢笑，不安又丰富，
我的血液奔突着，积蓄着力量，
我期待着那一声如雷的召呼！

风　景

——椰子

破晓时分
暗淡了帆
雨滴刷出的
椰树和渔船的桅杆
凝固在空旷的沙滩
无数条线静立着
海，在天边

1979.4　海南岛，赴崖县途中

鹿回头断想①

传说，那只鹿就在这里昂头回顾，
那黎族青年就在这里找到了幸福；
这神话在南海里沉埋了多久？
仍美得像刚刚捞起的珍珠！

前面，一道绝壁，仿佛世界的尽处，
微风拂动排排浓绿的椰树，
躺在金沙滩上，做个湛蓝的梦吧，
海在悄声说：这不是传说，美，就是幸福！

浪花落下来，打破了心的寂静：
你可曾追溯十年来走过的路？
于是今天，我猛然回头，
才发现，歪斜的脚印上落满尘土。

沉重的步子，仿佛是沉重的犁镵，
划一道伤痕，在我心上起伏，

---

① 鹿回头：在海南岛最南端，著名的疗养地。传说古时有一黎族青年
追赶梅花鹿至此，鹿突然回头，变为美女，青年遂找到了幸福，结
为夫妇。

十年了，我跑呵跑呵，一直追向这里，
呵，幸福，被哪一片云彩遮住？

青春像个影子，倒在路上，
理想似片落叶，早已干枯；
而我来迟了，来寻找这失去的一切，
鹿回头，请送我一只小鹿……

为了永远地爱，我懂得了恨和思索，
痛苦，也是笔无穷的财富！
我要一个完整的世界，真实的故事，
回头看，就更知道该怎样迈步！

于是，我追寻着鹿的蹄印，
迎着海风，登上那最高处，
呵，我也找到幸福了，多么可爱：
那渔船上姑娘火红的衣服……

我不再惋惜那失落的幸福了，
这火红的一刹，把我的生命点沸，
世界多么大呵，我的心在复苏，
去开拓吧，哪里没有人生的沃土！

真理呵，我的小鹿，带来幸福的小鹿，
追着你，我愿再走过多少日落日出；

椰子

或许脚下仍将是荆棘遍野，

但愿我的血，能开放一路鲜红的花束……

1979.9　海南岛，三亚

太阳河

——写在海南岛兴隆华侨农场

椰
子

我寻找了大半生太阳，
追着那金色的车轮奔波，
无数条汹涌的大河载着我，
载着个破碎的梦在世界颠簸。

赤道线上的咖啡，大西洋边的甘蔗，
烈日下，我挥着锄头在拍卖什么？
金的银的，是太阳的光线吗？
不，是汗珠，在老板的土地上滚落。

难道我的太阳只有这个？
在泪珠上照耀？在血泊上闪烁？
站在赤道，我却觉得周身寒彻，
太阳啊，你哪一丝光能属于我？

而今，当我踏上属于自己的大地，
眼前突然千倍明亮，万倍火热，
一条小河，洗尽我的风尘，
波浪像把我抱在怀里，深情地抚摸。

它缠着我的腿，又欢快地流去，
诉说它来自每个家庭，每个角落，
一湾碧水，送给我无数个太阳——
无数关切的眼，闪闪烁烁。

从此，在温暖灌溉过的心和土地上，
我耕耘，我播种，我收获，
捧一把新谷吧，我更贴紧了你，
啊，我祖国的太阳河，我太阳般的祖国！

1979. 9　海南岛，兴隆华侨农场

在咖啡店

椰子

　　十年浩劫期间，华侨农场的咖啡树被诬为"资产阶级生活情调"，被砍掉了。

是爱情那样纯的咖啡吗？
是夜色那样浓的咖啡吗？
我口渴，我口渴了十年，
我想走到每间咖啡店，每个座位上。

乌黑的、滚烫的咖啡溢出杯子，
梦一般地，流在雪白的碟子上，
生活回来了，重在眼前闪光，
火苗上，新炒的咖啡又苦又香。

依稀里，仿佛又是昨天，
咖啡树被砍了，掐断了欢乐和希望，
每天，老祖母空把咖啡壶擦了又擦，
但，是水呢？是泪呢？在壶中闪光！

早晨，再没有咖啡端上餐桌，
月下，再没有琴声弹动凄冷的心房，
没有了生活的权利、做人的尊严，

荒芜的土地上，多少归侨深沉地想……

十年后的今天，经过台风一场，
碧绿碧绿的咖啡树，又在歌唱，
喝一口吧，不要把眼泪滴在杯里，
看窗外，新的生活正和树苗一起成长！

今天，我来到重开的咖啡店，
在桌旁细细把生活品尝，
面对幸福和欢乐，为什么，我却想说：
再来一杯，多放些咖啡，少放些糖！

　　　　　1979.9 海南岛，兴隆华侨农场

记一个老侨工

椰子

当年，这里没有胶林，
只有野草、山岩和海的喘息，
当年，送他离去的风也是苦的，
一把胶刀，一只小船，飘向哪里？
他脚下的大海像个平展的梦，
可他却觉得，求生的路
比刀刃还窄还细。

无数次，月亮从他背上滑落，
一把胶刀，割遍风里雾里，
割光滑的树皮，割粗糙的树皮，
疯狂地，他把胶刀磨了又磨，
一刀又一刀，像割自己的身体，
割呵割呵，汩汩浇出的
不是胶汁，是血滴……
呵，遥远炎热的异国的土地！

几十年，他看着树，树看着他，
——这残酷的、无情的榨取！
终于有一天，
胶汁干了，

生命的线断了，
只拾得几颗橡子，
如几点微弱的希望，
紧贴着他衰老的身体……

终于有一天，
他笑得多么惬意！
他和那一兜种子做了个梦：
回到了流油的祖国的土地……

于是，他扛着铁锹走来了，
从遥远的大海那边，
从饥饿的太阳那边，
从风烛残年中走来了，
他要把欢乐、希望和对祖国的爱，
一起种在这里！
他真想把它们抱在怀中，
拍呵，摇呵，让它们快快长大，
——这一片吵吵嚷嚷的小胶林，
这一片失落的青春、梦想和记忆。

看呵，今天，在这翠绿的山岗上，
谁说流的是胶汁，
分明流的是奶，是蜜……

1979.9 海南岛，兴隆华侨农场

故乡的土

我匆匆走过几个世界，
看桅杆在海面上起伏，
不同颜色的土地有不同颜色的梦呵，
我却总揣着故乡一把黄土。

揣着我的脚印，母亲的影子
揣着野花山草，低矮的茅屋；
世界多么大又多么小，
我怀中却有属于自己的黄色大陆！

这里是自由的，不必担心强盗匪徒，
这里是温暖的，只生长纯洁的心和花束；
我自豪，我歌唱，我笑，我哭，
却没有离开这黄土一步。

也许明天，我要去走生命最后的路，
像一片落叶，在土下轻轻低诉：
即使死去，只要能为你增添点幸福，
哦，我的祖国，我的故乡的土！

256

1979.9 海南岛，兴隆华侨农场

金龙烟斗

我的日子分成两半，

白天，属于绷紧的神经，

属于别人，

晚上，金龙烟斗，

属于自己。

一小段发黑的木头呵，

无数闪亮的记忆，

最宝贵的财富，都在这里……

——那是秋天。通红的山桔。

乡亲们上山去了，

为我砍一段金龙攀绕的山桔木，

做成烟斗，

（谁知藏进多少离别的话）

泪光里，送我把船帆扯起……

我不知道，漂泊了多少年月，

我的脸已像苍老的树皮，

但我没有忘记。

我相信，无论多久，

我的血和那龙的血一样，

都是殷红的，滚烫的，

仍然可以燃烧，
仍然有黄河的涓涓水滴。
我是龙的子孙，
我，是中国，
我没有忘记。

于是，我点起它——
我的黝亮的金龙烟斗，
我的龙，便有了一颗滚烫的心了，
它吱吱地叫着，
又使我想起那成熟了的
满山燃烧的红桔，
和那生长红桔的土地。
龙，是要飞腾的，
于是，今夜，它又越过大洋了，
乘着徐徐缭绕的轻烟，
向东飞去……

1979. 9 海南岛，兴隆华侨农场

椰

子

胶林人家

黑黝黝的大山里，郁郁葱葱，
黑黝黝的大山下，门扇轻轻，
天未晓，父亲和母亲割胶去了，
两对胶桶，两阵清风，在西在东。
深沉如海的夜，他们用脚步谈些什么？
只有片片胶林能够听清……

睡不着了，孩子的梦，
梦里藏着个秘密，洁白又轻盈：
每棵树的胶汁，再不是点点滴滴，
它们变成春溪，淙淙涌动……
于是，他的梦不在屋里了，
追着父母，飞向最深的林中。

仿佛橡胶树也唤醒了老爷爷，
他坐起身，眯起眼睛，
看惯了六十年清凉的夜色，
熟悉了条条山路，盏盏小灯，
退休了，心儿却摸索着每一棵树，
点起烟管，默想起一生……

黑黝黝的大山里，两支夜歌，

睡在胶工的担子上，在西在东，

黑黝黝的大山下，一座小屋，

有呢喃的梦，有蒙眬的醒，

繁茂的橡胶叶遮没了一切，

一滴胶汁粘住了一颗星星……

椰

子

给黎族育种家王老东

潮湿的茅屋这样古老，
阴森的大山这样沉默，
同样古老和沉默的，
是贫穷，是泥沼地上的脚步，
是喘息着的王老东，
他的背篓里，
是一小片荒凉。

那一年，
用尖利石斧砍出的，
用粗糙树皮雕成的
巨大身影站起来了，
从扔下的木锹旁走过，
他找到了温度计和犁。
他的手久久地在土地上摸索，
一粒种子探索着生活的秘密。

把吸收了最多阳光的稻种
撒在
从前撒下眼泪的地方吧，
粗糙的抚爱，

261

加上太阳，

加上汗水，

他的民族收获了

一片黄金……

椰
子

王老东，

五指山下的农民，

我们大地上播种春天的

种子。

蜡　染

一点火光，照亮大山。
蜡，融化了，
滴在土布上，一串一串……
像晶莹的泉水，流出瓦罐，
流向青藤盘绕的山涧。
柔软的，厚厚的土布哟，
在她的胸前变得多么温暖，
她要把大山装扮起来，
用山野芳香的草汁浸染，
她要把自己和生活装扮起来，
用这土布传统的白色和深蓝。

于是，她的手指，
无休止地重复着，
勾勒着远古的花纹和
大自然的图案，
针和线，便是
细密的蜡点。
在静寂的苗寨的夜晚，
在低垂的凝神的眸子中，
她的想象复活了，

滚动在布上，

延续着一个美丽的故事，

丝丝不断……

——椰

子

三　亚

三亚就是海水浴，
三亚就是细沙，
三亚就是结着盐霜的船，
是喧闹的集市，浪打飞霞。

我依恋的脚步响在
铺着碎石子的小径上，
从北方来到这最南边的小镇，
我想说一句比铁路还长的话。

"卖海石花的回族小妹妹，
眼睛像海水一样蔚蓝的小妹妹，
我想要大海最深处的一朵浪花。"

一个黝黑的，惊人漂亮的小姑娘，
甜甜地笑了，送给我一个
同样黝黑的，惊人漂亮的三亚。

1979 海南岛，三亚

海南岛印象

让我们来玩沙,
蓝天下铺一张洁白的床。
眯起眼睛多么滚烫,
顺指缝流下的柔软的沙,
燃烧的光在流淌,流淌……
从每一个小鸟的巢,
到每双蝴蝶的翅膀,
从每片阔大的叶子,
到只只海螺、串串珠贝
连同我那颗灼热的心,
一切都在发亮!
仿佛世界都化成了
　强烈的光斑、
　　颤动的金线,
在闪动、在轰响、
　在创造、在飞翔!
哦,海南岛
　此刻我看见你了
在海的尽头,天的尽头
　——从仙人掌和岩石中间
　　站起的一轮巨大的太阳!

怀 念

我的办公桌上是空的，
因为缺少了你，
我的稿纸退色了，
因为缺少了你，
我的嘴唇干燥得发烫，
因为你呀，越吹越远的海风，
哪里是你湿润温柔的气息？

飞机的翅膀上凝结着冰粒，
我在云彩上垂下头来，
默默地俯瞰这粗糙的土地：
那些古老黝黑的河流，
那些凝然不动的棕榈，
啊，暴雨和烈日下的岛啊，
我想凝视你的最后的眼睛，
但它们躲开了，
是因为美丽而羞涩，
还是因为一个崭新的明天，
正悄悄地孕育？

有一天我会要说：

让我们重回海南岛去吧，

让我们和那里的一切一起，

一边收获，一边开犁。

我梦见巨大的幸福已降临在

我心爱的岛上，

椰林后面，胶林后面

一片云飘来，

让它先隐藏起这个秘密……

椰
子

1979 海南岛，海口

乌篷船

就这样回去，回去江南
无须挑灯相送，无须油纸伞
只要撑开一扇乌篷
只要身下是流水，手边有绳缆
或坐，或卧，或醉，或醒
江南呵，便在千河万汊的桨声中
和我相见

江 南

是辛弃疾把栏杆拍遍的江南，
是风行"好一朵茉莉花"的江南，
是荡着春江花月夜的江南，
是用惯了毛笔和宣纸的江南，
江南呵！

且让长发飘散。
飘散如弯弯曲曲的小河，
水珠四溅。
然后赤脚，
然后坦然地走进
这暖而清澈的水中，
濯洗衣衫。
让卵石圆而滑，
让倒影碎而颤，
让尖尖硬硬的小小螺蛳，
软软地爬过我的脚面，
让那触痒，一直痒到心底，
痒过江北，痒到今天，
痒到，一提起江南……

1983.8.9 浙江萧山石岩头   271

南 通

是万里长江让最后的浪花凝固为城的南通

是每一棵树都是盆景、每一座盆景都会弹奏古筝的
　南通

是香茶未凉、梅子红了、又剥莲蓬的南通

是走遍狼山、走过千年、却走不出沈寿二娘那根
　金光闪闪的丝线的南通

是每一盏灯都有江北的热烈、江南的朦胧

是每一座楼都在张謇笔下、赤子梦中

是今夜濠河醉了、泛舟横桨、似高呼"拿酒来"的
　南通

是游子走了，却仍要回来，回来牵母亲衣襟的南通

南通呵

且让我赤脚提篮、初试凉热、走入你水的怀中

且让长发飘散成圈圈涟漪，水花波动

让我的蓝印花短衫，蓝透一江水浪

让那小小的鱼儿，软软地吻着我的眼睛

呵，南通……

2007 南通

仪 仗
——在大丰麋鹿保护区

我只看到它美丽的大角
只看到茂盛的树枝的摆动
棕黄色的，仿佛一座山脉隆起
又一道跌宕的波浪，缓缓地滑行

嘘，轻轻地，它不说话
只威严地向前移动
——史前的英雄都从不说话
它只高举起长矛，展示它
肌肉的健美，骨骼的灵动

许多鲜花都簇拥过来
缀满果子的枝条也迎向它垂落
树叶和青草，喃喃地说：
爱我们吧！它只微微地低头
轻吻这片土地上的子民

雷声隐隐，从地心深处涌起
大群奔跑的队伍就要过来了
经历了地球变迁的许多事情

异乡人，忧郁的流浪者

这颗星球上的最后的上帝

跋涉过万里风雪

至今，每一支角权都燃烧着血红

一道闪电照亮了那句诗：

"野兽般优美的胴体……"

而它身后的路

有一半已变成神话

另一半正镀满黄金……

天下常熟

尚湖浪上日出

虞山脚下月明

三千年的城廓，姜太公钓鱼

鱼杆已长成遍地垂柳、漫坡竹林

良田肥沃，和风吹拂，细雨微薰

从史书和犁铧上长起来的

鱼肥稻香的常熟城呵

仓满囷流，万物皆是良辰！

白墙黑瓦涌动

油菜花潮涌动

霞光和瑞气同时打开城门

穿青布衫和蓝印花布的男女荷锄挑担

或植桑，或采茶，或上工

一条蚕吐丝为路

织一幅东方的锦绣天下：

阳光嗡嗡，蜜蜂嘤嘤，染得

满城大街小巷皆成黄金！

犁尖下，一枚刚出土的良渚玉琮

用它的兽面纹饰说：

星移斗转，家富国盛

这就是天下

而窗外，布谷鸟忽高忽低地飞着

用吴语叫着：

常熟熟了，天下熟了，一屉

明前的"青团"刚刚揭锅，看呵

软软，糯糯，香气蒸腾，那是

江山半卧，青牛半卧，碧水倒影……

夜听古琴独奏《广陵散》

木窗。矮榻。侧影
　冷雨纷纷
他沉郁地拥琴而坐
一座小山，一方城池
一个国家，一段
历史的回声

他缓缓抬手，指尖一动
七条河流，就泼溅成
　琴州七弦了①
他用指尖初试着
　小浪拍岸，水浅水深
然后，一个音，一个音
　悠远而古老
空茫中若高山流水，空谷足音
有乌云遮日，有壮士披发打铁
敛天地之悲壮聚在砧上
铸歌哭只在掌心的一瞬
风吹，草动，强权，反抗

---

① 琴州七弦，常熟城的古称。

猛然间，一道强音如剑飞来
横在咽上，又戛然而止
仿佛失落狂野的那柄短刃
　冰冷、颤栗、寒光闪闪

呵，广陵散！千年古曲
　嵇康去了，弦断琴碎
一座历史的城池顷刻坍塌
　七个音符，一场大梦
问操琴人，今夜，一把古琴
又如何穿透千年风雨，铸魂？
又如何让心中热血
流下暗红色的绝响和指纹
　丝丝缕缕，烫我们的心？

水 巷

一只吊桶从高墙上荡下
摇水上、桥上、桨上、船上的房屋
都有水影

这个夏天
丝瓜花开遍了小城

这个夏天
水巷总爱散着湿漉漉的头发
任许多单调悠长的桨声
任许多忙忙碌碌的手和洗衣石
任许多挤挤挨挨的店铺的倒影
揉动
青苔便幽幽地泼溅起来
淹没了墙缝、屋顶
淹没了"专治牙疼"的大字招牌
淹没了竹席和藤椅下
散乱的鞋子们
片刻的好梦

那高低不平的石板路

将引我们去看什么风景呢
在水巷远远的尽头
一座小桥，一对门环，一个背影

于是我们好像忽然感到
这水巷很深，暮色很浓

这个夏天
丝瓜花开遍了小城

而茶馆是水巷里最老的住户
老虎灶一天到晚抽着水烟袋
讲着《水漫金山》
讲着《断桥相会》
而水已退去
桥已断裂
仿佛惊堂木猛地一拍
拍满桌散乱的茶碗
成
一个水巷深长的回声

1983.7.20 苏州

沙家浜

湖面浩淼，一匹
灰绿色绸缎轻轻荡漾
天水之间，是浅绿、翠绿……枯黄
去年的苇秆上还挂着雪白的芦花
今年的脚下已是满眼的新芽初放

沙家浜，绕过多少河网汊道
导游遥指对岸，野柳丛中
几枝桃花横斜处，两三间黑瓦白墙
那是"春来茶馆"，四个字
七十年前的战火硝烟，让我心烫

那十八个新四军伤病员呢
那染血的绷带和军装
那些枪声和暗语又落进哪片苇丛
阿庆嫂，你可还是那手提茶壶的
微笑的模样？

……当年唱着这段戏我下乡插队
如今却已是鬓发斑白，世事沧桑
那唱腔是多么熟悉呀，是谁轻轻在哼

我们老了，阿庆嫂，你和历史
却还是那样年轻，让人回望

我真想沏一杯明前新茶
清苦但又微甜
在沙家浜，一整天
为往事干杯，坐看湖水茫茫
看衔泥的春燕飞进飞出地筑巢
看苇芽又长高了一寸
看湖水深深，藏下更多的故事
然后乘一条小船，慢慢划进芦荡

乌
篷
船

寒山寺

静听夜鸟飞过，或者
雪落寒山
姑苏城外
渔火瑟瑟颤颤
月下有松，松下有钟
钟下没有敲钟人
野渡小寺里熄灭了最后一点灯盏
或许，或许只为等
那一只客船
那一只客船
从唐朝摇到现在
一去千年

今晚我乘船而下
从一首小小的唐诗里走出
来拾那钟声的碎片
且粘合起方砖地上
清冷的月光
依稀听得出
有水声，有枫桥，有铁铃关
码头上旅人的脚步声倦了，长了

背囊里肩载着多少风烟

呵，中国，中国
你青铜的历史
竟是这样顺流而下吗
那一声嗡嗡的浊音
从唐宋元明清
直滑到
我梦醒的枕边

1983. 7. 21 苏州

园林之梦

一层层波纹，一层层波纹

渐散，渐分

有幽香缭绕池水

有莲花缓缓开放

一个恍惚迷离的微笑

漂浮如千古之谜

引人探寻

有龙墙

沿青檐曲廊游窜

有飞檐

携亭台馆榭入云

有蕉影飒飒

在雕花的窗后

说，庭院很深很深

有哪朝的歌女

款款而过小桥

只遗下那一点

那一点些微的红痕

引众多的太湖石

和狮子林里的狮子

蹑足窥测
看花都似人

那些
石的、木的、水的、土的捏成的
小小园林呵
睡在江南
醒在江南
开花在江南
摸上去，踏上去
却总像
是雾，是露，是雨，是云

今晨，听吴王长满锈斑的宝剑说
几千年都早已烟灰飞尽
只留下这些梦
只留下这些团团、点点、浓浓、淡淡的真情

1983.7.21　苏州

角 檐

我是亭台的、回廊的、龙墙的
我是多层宝塔和大屋顶庙宇的
我是重重叠叠的乡间青瓦房上的
一群欲飞的紫燕
轻盈的
我是江南

江这边
风也清瘦，云也飘然
有雨雾洋洋洒洒，人也如仙
饮太多的阳光酒
我失重了
且斜斜地亮翅于
天上人间

我喜欢起舞
风和云的裙裾
或者半隐着
给那些爱害羞的江南纸扇
织一张雨帘
我弹弄风铃

287

洒下声声紧，声声慢
在一群忽大忽小的音符下
引点点泊下的船儿
断缆

乌
篷
船

入夜
我细细弯弯地凌空欲飞
欲飞起如少女伞下的弯眉
如上弦月或下弦月
如星光下顾盼的柳叶
只要我那么轻轻一动
整个江南便要
飞起了

1983. 7. 18　无锡

288

桠溪月夜

月夜，湿润朦胧的桠溪
一只蜗牛
慢慢爬上我的窗台
它背着一尘不染的
透明的房子
晃着两支晶莹的触角
喘息着，敲打着我的窗子
看着我，大睁着眼睛

它说：你是第一次来桠溪吗？
你愿意来我家做客吗？
你愿意尝一尝肥沃的土地上
各种根茎、果实的
真实的味道吗？
你们人类的手，是
有温度的吗？
你们抚摸过
我们微小的生命和大自然吗？

你知道，这里的蜜有多甜，它是
没有添加剂的吗？

你们走得太快、太匆忙了
是否应该停下来
闻闻青草的味道、泥土的味道
池塘的味道
你能用半小时或一分钟，去想想
什么叫污染，什么叫伤害
什么叫秩序，什么叫美
去听听那些水泥、石灰、垃圾
废墟、荒漠下的
细小的呻吟吗？
你们人类，懂得什么叫速度吗？
你知道，一只蜗牛也有它的
爱、欢乐和痛苦，也有它的
融入大地的缓慢的美吗？
你懂得
一只蝴蝶的翅膀，也会震动地球
一滴水，是大于大海的吗？
……

一只蜗牛
探着头，慢慢远去
留下一条银白色的线
断断续续
哦，它只是一个个提问让你思考
不要回答

听 松

到黄山来，看山奇水秀，
到黄山来，听松涛奔涌！

夜半听松，听涛声推月，
清晨听松，听松声拍门，
如奔马过隙、蹄声万点、沉沉隐隐，
如雨打石壁、乱流急湍、鼓声隆隆；
待风吹石动，
那团团簇簇的浅绿、深绿、浓绿啊，
从千米高峰上一泻而下，
千涧回应、万山共鸣……

我到黄山来，
先识迎客松——

你是遗落宇宙的第一颗种子吗？
绝壁岩缝、乱石丛中，
一条细小的根脉，
摸索着、摸索着……
黑暗围拢，
却无法使你窒息，

291

岩石压迫，你敢用头颅说：

我要给岩石以温度和生命！

可饮黄山云雾，

饥食漫天大风，

当你破石而生、怒放第一根针叶时，

那一抹绿色，却明亮了世界，

你给了黄山以

满山松柏和姿态万千的生命！

我到黄山来，

最爱迎客松——

盘结于危岩峭壁之上，

挺立于深壑幽谷之中；

惊天霹雳下，你的枝条

是划破长空的闪电，拔剑起舞，

艳阳烈日中，你的松针

展开一面面墨绿色的旗帜，

呼啦啦漫天舞动；

任冰雪压枝、乱云飞渡，

你比我们都更接近蓝天和太阳，

浮云逝水，樵夫山歌，

生长千年却仍然葱郁苍劲，

缓慢的一厘米、一厘米啊，

却节节都是好钢、好铜！

我到黄山来，
高唱迎客松——

你从容，任脚下是万丈深渊，
你只微微一笑，飘展如鹰，
你热情，你伸出一双好客的手臂，
搀扶迷路的云，疲倦的鸟，
拥抱五湖四海的人们，
你用松涛悄声说：到家了，
你用绿色给人们洗尘接风，
亲切得像我的父亲母亲，
又给人们指明——
前面有路，路上峰顶！

到黄山来，看山奇水秀。
到黄山来，先听松涛汹涌……

2005. 9

湘湖小拱桥

——乌篷船

小拱桥旧旧的
像磨光了的板凳
倚在两个波浪之间
两个波浪之间是琐碎的生活
流来的是水
流走的是时间

我在船上抚摸温暖的湖水
像一个从远地回来的人，久久敲门
湘湖水从我的指缝中流过
桥下有游鱼，桥畔有枯莲

秋风为谁吹过最深的乡愁？
小拱桥渐渐弯曲了，奶奶的背更驼了
我爱她毛蓝布衫的温暖，手扶矮凳的蹒跚
望着湘湖，她向唯一的孙子挥手
那波浪上的倒影渐渐没入黄昏

如今奶奶已不在世上
小拱桥，谁还在那小村眺望，坐在木门前？

2012. 3

在知章小学

有故乡的人是幸福的

常读贺知章的诗：少小离家老大回……

无论他回不回去，都

可以隔着落叶，隔着童语

隔着乡音和白发

隔着朝代恍惚轮换的酒瓶

面对着二十八个汉字，痴痴地

轻轻地，喃喃地说：故乡

此刻我就是幸福的，梅雨之中

知章小学的孩子们围着我

诵读唐朝诗文

我牵着他们的手

握着童年的体温，童年的清脆的笑

我就有了云雾中的青山一坨，湘湖一潭

有粉墙黛瓦的小楼

一步迈进的吱呀的院门

有青苔深深深几许

猫儿在脚下绕来绕去

有灶，灶上的佛龛

烟气中稻草的香和奶奶的脸

有小木梯，打补丁的帐子

有蓝边大碗里热腾腾的汤圆

有听不懂的吴侬乡语

我北方的心融化了，虽然我仍然不知道

我从哪里来，到哪里去

这么多年

这人生旅途上的漂泊的倦客

该怎样去寻找一个叫做故乡的客栈

贺知章

我的心化作了泪水微澜的深深的湘湖……

2012. 3

在村小学听孩子吟诵古诗

雨打芭蕉，雨打刺桐

龙眼和芒果

此刻，都挂在早晨的枝头上

青青的，沉沉的

有的睡着，有的初醒

几个孩子站在村小教室吟诵古诗

一本淡蓝色的课本

铺满整个夏天

风掀开书页——

一个女孩半闭着眼睛

一个女孩手卷着衣角

一个男孩一会儿低头，一会儿抬头

用好听的闽南方言

用抑扬顿挫的长调古韵

飞向高空，潜入水底

唱诵五分钟

没有人能惊动他们

能听懂的只有

唐朝的月光，宋朝的竹林

白日依山，黄河入海，山随平野，月涌大江……

他们沉浸、快乐、有一点点紧张
和更多的真诚……
他们没有云彩和丝绸的衣裳
没有绣花鞋，没有五花马
只有清脆的童声
托着自己摇晃的小身体
托着身上泥土和青草的香味
向上飞升……

屋檐上，一只鸟痴痴地听着
而一颗颗雨珠儿，因为
心中的爱太沉重
纷纷坠落在这片诗意的土地上……

2009. 1. 17

天台读诗

—— 一千三百年前，著名的"唐诗之路"
就从这里开始

此刻，最适读诗

窗外，该有雨，有雾，有风

有大佛面壁千年，一杯碧茶龙井

热汽环绕，暗香浮动

隐古来多少诗人背影

泼墨掷笔，从此壮游

阔袖渐远，飘逸千峰

有云遮雾绕的天姥山

一枝红叶，颤颤，似空非空

烟云起处，山已经看不清了

我只看树，绿肥红瘦

何处绝句，何处七言，何处小令

万叶皆诗，万绿皆醉，万物皆朦胧

万山只响着一双步履声声……

此刻，最适读诗

应该有月下剡溪

轻舟驶过，大水无痕

山势渐缓

李白他们该是从这里登临的吧

一支桨，便跨越了

初唐雄心，盛唐豪情，晚唐余韵

以诗铺路，以诗架桥

以诗漂流向远，以诗横渡灵魂

从此，一代大好江山

千般歌哭，万卷诗赋

都沉浸在史书和墨迹之中

随日月东升，光华波涌……

而今，重走唐诗之路

倒影还在

桨上水珠还在

渔歌还在

一去千年，瞬间即是永恒……

遥望天姥怀李白

遥望天姥，怀李白

梦回一千三百年前的秋境

那时候

山色绚丽，猿声险绝，万木生风

一步一阶一字

一字一吟一韵

这是哪首唐诗的哪一节哪一行啊

浩荡接天处，我似见诗人

高吟低唱，跌宕起伏，声奇险峻

大唐的半壁江山，如一滴墨色

垂落于苍茫云海之处

漫山遍野

便都是团团点点的丹青

杖策披裘，高歌而攀

诗人李白啊，我寻你

乘青风扶摇，又卧秋霜石枕

扯飞流直下的瀑布

做你的布衣

展波涛翻滚的白云

做你的书卷

你仰天大笑，壮怀激烈
写不尽家国气象
又把散淡的心情，晾晒在
悬湖钓杆上，湿漉漉的
一滴，一滴
垂下的都是唐诗遗韵

待到天高月小，夜色沉沉
在这天姥万峰之上，才正好捉月
我学着你，踮起脚尖
斟一杯深不见底的酒吧
左一杯剡溪翠波
右一杯沃洲碧湖
都是波光粼粼，如泣如诉
山光水影全在诗中闪动
醉了，醉了，此处有大美
且把功名看淡，心情看重
李白，从此我追寻你，不去长安
只折一枝红叶，淡出山径……

斑竹村

稻谷金晃晃地晒着
褪色的蓝布衫和白发在风中飘着
"再晒一次就该收仓了，这是最后一次晾晒"
满意地笑着，喃喃着
耙稻谷的老妇人
看见对面的天姥山下，大水上漂着竹筏

耕、种、锄、割……
一千三百年就这样过来了
斑竹村也这样睡着、醒着、梦着
木板房歪斜
墙皮上的苔藓又厚了几层
小石桥下
旧绿新痕，映谁的倒影

那时，一定也会有夜半鸡鸣
叩门留宿，围炉小饮
渔翁，商贩，青石板小路上早起的行人
车轮，马蹄，店铺的吆喝
千年古驿道上战火的烽烟
还有乘竹筏上天姥寻梦的、白衣飘飘的诗人

这么些年，唐诗都飘了几千里路了
老妇人却不知道，也不会背
"天姥连天向天横"
她和唐朝，只隔着一丈暮色，在斑竹小村
风吹着，一轮唐朝的太阳，从东到西
足够把稻谷晒得金黄
足够了
她用耙子翻晒她今生今世的粮食
她在唐诗里守候了一生……

2007

过严子陵钓台 ①

迎风绝壁！高万仞

江水滔滔流过

流过千年

逆水而上，风里雾里

有嬉笑怒骂的味儿

有壮怀激烈的味儿

有谁的大呼、谁的绝唱、谁的低吟

都牵动这一根悠悠的钓丝

从东汉那个风雨的黄昏

垂下去，垂下去

很重很深

一根钓丝即成世界

严大夫，严子陵

以他的心作饵

洒满腹心事

一波一浪

是沉在江底

还是浮在水中

___

① 严子陵钓台，于富春江畔。严子陵，东汉人，无意仕途，隐于富
春山，终日垂钓。

多少野史上的故事都随风雨而去

到如今依然是苍穹茫茫，水波无垠

说尽了寂寞，又何须说寂寞

且让流水一页页翻尽历史的书本

那绝壁上，长须和钓丝

还在一起飘动吗

怎么今天小船从这里驶过

总觉得被钓走些什么

总觉得被钓走些什么

从我们的心底，沉沉

—乌篷船

1983. 8. 12　富春江上

乌篷船

就这样回去，回去江南

无须挑灯相送，无须油纸伞

只要撑开一扇乌篷

只要身下是流水，手边有绳缆

或坐，或卧，或醉，或醒

江南呵，便在千河万汊的桨声中

和我相见

于是我的心

总是长着浅浅的苔

总在波动着

想泊于那一片青瓦檐

那青瓦檐下坐着我江南的老奶奶呵

不知什么时候，头已花白

乌篷船，乌篷船在她的发丝中颤

看月光古老得已不再流动

照乌篷已褪色，船舱依然

老奶奶，王谢堂前的燕子

一定又来你故事里筑巢了吧

恍惚间，长阶短桥都叠成

今晚悠悠的、古旧的乌篷船

渡我，渡长长的思念

于天地间

1983. 8. 9 浙江萧山

——

乌

篷

船

咸亨酒店

酒家。小巷。
古老的卦书中
落下两个字——咸亨。
使酒运亨通了无数
世代沧桑。
在这吉兆的护佑中,
飘飘荡荡的太白遗风,
从正堂,凛然
缭过众多的毡帽头,
把曲字形柜台
熏得发亮。
浮云酒气中,
我望着那些
紫红颜色、满座高朋的
脸庞,
大碗的绍兴黄酒,
使一切该淡忘的
慢慢淡忘……

店门外,只依稀摇晃着
那瘦骨伶仃的蓝布长衫,

一杯残酒。几文大钱。
把之乎者也的读书人的灵魂
串成一个故事，
残破而发黄……

唉，孔乙己！
你的名字，为什么
总与我在酒杯中牢骚，
总在抱怨这酒
为什么酿得时间太长，
老有一种辛酸味儿，
老有一种怅然味儿，
老有一种和泪的诅咒，
使得茴香豆，三颗、五颗，
绵绵软软，尽像是
爷爷奶奶时讲过的故事
灼人心肠……
而我大口地喝着这酒，
而咸亨酒店，从矮檐下
颠三倒四的大肚子酒坛里，
此刻，正流淌出
一股又一股
热辣辣的阳光……

1983. 8. 16 绍兴

土谷祠

深蓝的匾

挂在

血红的矮墙上

土谷祠

以不谐调的色彩

蜷曲在阳光下

带着一个僵硬的笑

永久地止住

……一个阿Q在捉虱子

两个阿Q摸着伤疤得意地笑

三个阿Q梦里有白盔白甲

太阳——一个永远画不圆的圈

在天上，嘲讽地睥睨着

这些灰色瘦长的影子

和砖缝中绵延了千年的尘土

和血

佛幡已经残破

不再飘动

虽然是夏天

却依然很冷

依然会出一些汗

从这里踏着快步走过的

中国子孙的冰凉的额头和手心

—乌
篷
船

1983 绍兴

轩亭口 ①

红 纱 巾 —— 李 小 雨 诗 选

又是秋风秋雨的时辰，
　愁煞人的落叶，
　　愁煞人的黄昏。

那夜，一柄短剑落地
　铿然化一座石碑，
　　在刺向皇帝龙袍的一瞬。

历史便流下暗红的血印，
　有剑音缭绕不绝：
　　秋瑾！秋瑾！

这就是轩亭口。
　在一九八三，在现代，当脚步
　　纷纷踏踏扬起许多灰尘。

彩色的玻璃窗，叫卖声，车轮，
　淹没了当年革命党人一次小小的呐喊，

---

① 轩亭口，在浙江绍兴市内，秋瑾烈士就义处，现有秋瑾烈士纪念
碑矗立于此。

——生活总在前进。

然而在秋风秋雨的时辰，
  从肃穆的碑文和星空之间，
    我读着剑的悲壮和纯真……

1983. 8. 17 绍兴

龙泉仗剑行

"借问宝剑何处寻
牧童遥指龙泉村"

在龙泉村
我是白衣飘飘的仗剑人
那怀中剑匣，像历史一样沧桑

从千度的冶铁炉中直泻而下
一道通红铁水，灿烂成
大地的黄土麦浪
一柄金光四射的龙泉宝剑，薄刃、寒光！
再淬清冽冰冷的龙泉之水
一滴滴飞起，直指
浩瀚银河，满天星辰，北斗天狼！

一怀孤月，三杯烈酒
嵩岳千山，黄河风浪
拔剑四顾
何处是我梦绕魂牵的故乡

于是我仰天向东南，那是垓下的悲怆

刘邦项羽，乌江激浪，一剑定楚汉乾坤
于是我打马向西北，那是铠甲的边关
旌旗猎猎，沙场大风，仍闻宝剑铿锵
英雄柔肠血气方刚千年中华大梦
都鸣响在一柄纵贯历史的青锋刃上

而今，龙泉还在，铁还在，人还在
看矿山巍峨矿石滚滚烟尘漫天
看高功率电炉仍流出炉炉好钢
在龙泉村，中原大地依旧是麦子熟了太阳高照
而我是白衣飘飘的仗剑人
一只燕子飞来，使我的梦
带有铁器的芳香和叮当……

小榄读菊

是谁在提炼生活中的黄金
连同喜悦、未来和梦境

那流淌的花海、四溅的花浪、垂落的花瀑
那长长的缨络、卷曲的花瓣、盛开的花心
那千姿百态的大丽菊、悬崖菊、野菊……
重重叠叠，让阳光的金属直射轰鸣

这一天，是小榄的节日
她是金黄色的、含苞的或怒放的
她有稻穗似的饱满、铜铃似的笑声
她簇拥着、奔跑着、泼溅着
经历了那么多风雨和漫长的等待
终于让成千上万朵菊花，和
开发区里的钢花、焊花
脚手架上的汗珠、五金厂里的火光
一起开放

这些种菊、育菊又最懂赏菊的人
中国大地上最勤奋的一群
他们懂得甜蜜和美

像蜜蜂兴奋地扇着勤劳的翅膀
提着沉重的蜜罐
扑进芳香的空气里
直到把心脏燃成一粒小小的黄金……

现在，遍地菊花渐渐升高了
五十米，一百米，直至深邃的夜空
那是礼花，从天而落的菊花
地上地下洒满黄金……

我是一只北方来的燕子
这一天，融化了我翅膀上的冰凌……

一朵小菊

她的第一层花瓣是铁做的
傲骨凌风，剑气若虹
翻身下马，拜黄巢为师
邀千里之外百花的美
都在秋风中闪现
她集大美于冰清玉洁
铺满世界苍茫的落英

她的第二层花瓣是火做的
一抹壁刃，一道燃烧的电闪光涌
遍洒世界的幸福，滚烫的
这黄金，人人拥有
她在花瓣上劫富济贫
静听满大地都是笑声

她的第三层花瓣是水做的
那丝丝的柔软，晶莹
就像她用睫毛含了一秋的那个字
解开小包裹，欲露未露：
……爱，那一小粒冰糖，颤抖的
是她送给你的，她的……心

竹叶上的神

向上是千仞竹峰，绿涛汹涌
向下是万顷竹海，飞瀑渊深
是谁，以哪片竹梢为梁、为柱、为腾云的岩壁
凿出这悬崖上的千年古寺
一进、二进、三进的漂浮着的殿门

在深洞，历史和故事拾级而上又埋进雾山竹海
只留一片片摇曳的竹林，问苍生红尘
脚步声和心跳都挂在峭壁上了，轻轻软软
只恐惊动那离天最近的
神的天籁、人的咏诵、竹的幽鸣

那檐角永远是飞珠溅玉，金光普照
每一根翠竹都滴下甘露，是观音的净瓶
每一片竹叶都直立成佛，天行大道
每一位来者都是神仙，驾鹤而来，俯瞰江山
又驱竹为马，拜竹为神，跃上葱茏……

马头琴

昨夜有大风旋起，
我听见马的嘶鸣，马的蹄响。
那是铁青马在喷着热气，
那是枣骝马在嗅着热血的芬芳，
那是白骏马在梦着遥远的太阳。
那是你呀，马头琴……

雪　谷

雪谷
最深的冷

隐藏颤抖
隐藏光芒
隐藏风

在最幽暗处
血是什么声音

比时间还空旷的
是一行小小的
蹄音

陷落
燃烧最后的寂静

坝上行

马头琴

天低云重，长城如线，
汽车是浪尖上小小的船，
盘一座高坡，又一片高坡，
大境门外，风苍凉，太阳正圆。

负重的驼队模糊了时间，
渐渐消失在寂寥的遥远，
青草依旧飘摇，大漠依旧孤烟，
古战场被沙淹没了，只留芦管。

是风拾一片草叶，是风在吹，
吹得山药花白，莜麦花蓝，
吹得牧羊调沙哑又淳厚，
吹得远征人想起压饸饹的香，
老羊皮袄的暖。
要唱还乡曲何必向南？
走北口，真舍不得那热炕小店，
我上了坝，脸儿黑红，
我下了坝，心儿更憨……

1982. 7. 22 张北半坝

毡　包

灰白色的毡包，
挂在起伏的
大草原的弧线上，
孤零零地沉思。
旷野的风，寂寞地
撩动着包门。

游牧呵，游牧呵，
逐水草而走，
毡包呵——
你草原上负重的老人
随漂泊的季候风，
留下漂泊的脚印。

勒勒车和小路都老去了，
只有你宽大的袍子，
只有你烧起的牛粪火，
依旧像当年，
依旧余温。

当夜来临，

当我闻到你暖烘烘的羊膻味儿，

当我又裹紧你粗糙的毛毡，

才知道我走进的大草原

有多么深……

—— 马
头
琴

                   1982. 8. 3　赴白音锡勒牧场途中

牧　人

他是牧人的儿子，
他是牧人。

黑跑马屹立在
沙丘之上，在此处，长风
和巨大的太阳一样冰冷。
悠远的牧歌落下了
最后一声余韵，
沉默中，只有风的回声。
羊群如浪，而他是岩石，
在这亘古万里的苍凉之中。

缓缓流逝的生活呵，
在这个点上，永远是
起落的羊群和天空。
而他的眼睛，
一双细长的褐色的眼睛，
却缓缓抬起，
凝视着一只
高高盘旋着的
鹰……

1982. 7. 29　锡盟草原上

马 群

我仿佛听到了如雨的蹄声……

草原，燃烧的七月，
爱情和忠诚。
吹起马鬃的长长的风呵，
像棕色的缎子滑过
动荡不安的大地和天空。
马群，拥上岩石，
俯瞰低垂的天空下
因为敲打而颤栗的大地，
因为嘶叫而复活的大地，
湿润的双唇咀嚼着
咸味的太阳和风。
故乡呵，
这真实的、充盈的生命！
为了爱你，
悬挂草原所有流动的旗帜吧
——那不可征服的、
　　不可止息的、
　　风暴般卷过的
　　身影……

为寻找遥远的草原的精灵，

我企望，自由而高傲的大地上，

狂奔的马群……

1982.7.27 锡盟那达慕大会上

摔跤手

成吉思汗

把他的铠甲

铸满沉重发亮的传说和铜钉

无数条彩带火焰般飘扬

是烟尘回荡的战场吗

是空中闪耀的雷电吗

是充满马嘶牛吼的大地吗

他的勇士，就要出征……

悠长的马头琴声猛然停止

只剩下对视的山

对视的河

对视的一动不动的天空

（骄傲的血液缓缓流动）

在漫长而短暂的沉默里

我看见

布满沙丘和野草的大地上

有一棵树

正把它的顽强的根

深深扎进

养育了它千百年的

深厚的土地之中……

      1982. 7. 26 锡盟那达慕大会上

挤牛奶的母亲

挤牛奶的母亲

奶汁从她的指间流浸

一条洁白温热的河流

一条古老的河流，淳厚而深沉

所有牧歌和炊烟都从这条河上流过

缓缓地，染白草原无数条小径

她的沉重的奶桶，她的温热的希望

使一代代的驼峰马背上都默念着母亲

她的手上沾着枯草和牛粪

她的脸上布满皱纹

草原，无边无际的绿色

只有母亲的白发在闪烁

如奶汁般纯

1982. 7. 31 锡林郭勒草原

赛马场上的小骑手

他的鞭子在头上旋转，
他的马肚子磕出了火星，
他嘴里低唤着爱马的名字，
他抱着小马的脖子，俯着身。

他仿佛一直这样跑着，
从八年前出生的那个早晨。

他第一个冲到终点，
赢来骏马和镶银的鞍鞯，
他却不愿意被大人抱下马背，
他只愿继续跑着，跑向云深……

永远这样该多好呵，
呢喃地亲着小马，做着孩子的梦……

　　　　1982. 7. 27 锡盟那达慕大会上

马头琴

昨夜有大风旋起，

我听见马的嘶鸣，马的蹄响。

那是铁青马在喷着热气，

那是枣骝马在嗅着热血的芬芳，

那是白骏马在梦着遥远的太阳。

那是你呀，马头琴……

草原上所有马群中的第一匹马，

热烈地跑过

烧着铜茶炊的一座座毡房，

那激荡了多少世代的一声长吟，

使牧人如醉的眼睛里

燃起奇异的亮光……

今天，马头琴，

请你再拉响吧！

我要握紧你的弓弦——你的鞍子，

探访草原最深的地方，

追逐传说和未来，

仿佛马鬃仍在飘扬，

仿佛蹄下还溅着星光……

1982. 7. 28 锡盟那达慕大会帐篷里

"赛诺" ①

红
纱
巾
——
李
小
雨
诗
选

在草原上所有的包门前，
你跨下鞍停住脚
你要教给我说第一个词，
这个词你没出口，我就知道。

我知道茶叶怎样在滚烫的奶汁中漂，
我知道奶豆腐多么新鲜，炒米多么好，
额吉和孩子们的长袍转来转去，
不惯于微笑，却让所有的话在眼里闪耀！

念着这个词，心和心都举杯相邀，
像读一首诗，简单又多么丰富和古老，
我把它藏在唇间，不论走到哪里，
都会有识途的马、归家的羊羔！

---

① "赛诺"：蒙语，你好。

太行山中人家

——马头琴

日落西山
归家的脚步匆匆
瘦瘦的黄土在山那边
山那边的黄土养一方人

开荒了，种粟了，割禾了
汗布小褂上驮着春夏秋冬
左拐右拐，沾着草根
大山里走道，总朝着灯和碾盘

山、石、田、土、井
千年也是这样
长了腿的石头是羊
没有腿的石头是家

华山论剑

华山论剑，剑是一座华山

只有在山高峰陡的曲径
才能谈石的磨砺、火的冶炼
只有在离天最近的地方
才配论英雄的豪气与肝胆
在剑锋上行走
头上是日月霞海，星移斗转
看银河滔滔流过，时空泻远
脚下是来路，壁立倒悬
湿漉漉的手心里
抓不住冰凉的铁链
向上，向上
一步一喘，腿软脚酸
踏着前行人的脚窝
哪里是鹰翅，哪里是流云
惊回首，千顷松涛，万丈深渊
都在悬崖上，白刃闪闪……

华山论剑，剑是壮阔的怀抱
每个攀上峰顶的人，都会长舒一口气

都会将汗珠掷地，铿锵有声
都会临风笑傲：我是英雄
"擦耳崖"，"上天梯"，"鹞子翻身"……
从此，都视为平地
走过华山路的
权当把五千年岁月都一步步踏遍
那无数冰河铁马、垓下孤箫
生活艰辛，成长磨难
都如同过往的梦，埋进风里雾里
只把云海中的前路，放眼醉看……

华山论剑，剑是一颗滚烫的心

拔剑四顾，还是昨天的满腔热血
还是一株如火丹枫，流苏更艳
爱，还是热的，且以
华山的名义望尽远方
渭水如带，黄牛铁犁
结绳记事，民族摇篮
厚土下依然有根须盘络
苍天下依然有袅袅炊烟
每株禾苗都让人心颤
每声牛铃都感地动天

华山论剑，剑指苍天

马
头
琴

什么是华山峰巅最亮的一点

且让红日，尽染剑锋

如花，如旗，如血，如火

那辉映千里的光芒

正刻下中华大美，史书万卷……

2008. 12

华山脚下听"老腔"

马
头
琴

一条板凳，半块砖头，一把胡琴
哪一块土坷垃
都有五千年的生命

蹲着唱的，站着吼的
一句浑厚老腔里
换了又一代江山朝廷

跟着秦兵汉马
出征打仗，夺城掠地
娶媳妇，养孩子，日落月升……

辣词儿，酸曲儿
从黄土里钻出就疯长
一张白布，一幅皮影，一盏油灯

猛一声高腔气冲霄汉
热腾腾的黄河水
炸开了凌汛向前冲

甩一句拖腔绕过华山

就像甩过咱后院的

石墙石碾，木门窗棂

祖祖辈辈，唱哭唱笑，唱死唱生

一转身，老腔它

落地又生了新根

山山水水转了多远，也转不出

这手捧着的粗瓷大碗

娘亲厚土的华山给我的大喉咙……

2008. 12

在沾化的滩涂上

马头琴

此刻，潮水仿佛停止上涨
滩涂的镜面碎了
一大片一大片的水
明亮、寂静
堤埂上，水鸟细长的倒影
被一支桨插入，一动不动

盐山怀抱钻石而立，蓝天下
仿佛久未融化的雪
白色结晶一闪一闪
折射出阳光的坚硬
盐池渐浅，一动不动

抬头看鸟
看流云写成的时间
在沾化的滩涂上
时间，一动不动

滩涂的一侧
是套儿河入海口
浩淼海浪打着漩涡奔去

风过无痕

网在水下，一动不动

而滩涂的另一侧

是几十万亩冬枣林

绿叶翻滚成又一片汹涌的大海

无声地喧响，花很深

枝条却告诉你

脚下很坚硬

有家园停泊在叶片后面

一动不动

一朵枣花开了

一朵枣花谢了

一颗枣儿渐渐变红

一场翻天覆地的变化在开始

这就是历史，很红火却又很平静……

初夏的冬枣林

大地上的激情

昨夜还在狂欢的枝条刚刚平静
它们喘着气，不再颤动
它们让鼓荡的汁液渐渐沉淀下来
——再粗壮一点
呵，才能做母亲

它们躲躲闪闪地护着一层
初结的小枣
那毛茸茸的淡绿的小枣啊
仿佛孩子刚露头的乳牙——
它还嚼不动风沙
也没有含过粗砺的盐碱
枝叶尽可能地护着它们
可这些精力充沛的欢乐的孩子们呀
却也护不住了，风一掀动
满眼是初绿的小灯笼

我听见那一盏盏小小的罐子
在用听不见的声音喊着

344

——把全部盐碱都变成蜜

这强大的望不到边的绿色欲望

不容分说地命令着、

汇聚着、席卷着、

淹没了蜜蜂……

那程序说不清有多复杂

用阳光、海风和雨水

酝酿九九八十一天

这些小小的蜜罐

就要倾倒进生活……

这是初夏的冬枣林。下午

而一根枝条突然横过来

在我眼前晃动

它让我看偶尔疏漏的最后一朵花：

那浅黄色的小裙子娇憨地打开

哦，一滴爱情……

此刻，空气中仿佛只有淡淡的乳味、

香甜的梦，和

哗笑后的宁静

留一条根在那片土地

留一条根在那片土地
在那片叫下洼镇的土地
中国还有多少漫长的海边洼地
但我的根只在那里的枣园生长

留一条根在那片土地
紧紧抓住泛白的盐碱和风霜
抓住腥味的网、
倒灌的海浪
抓住干涸在半空中的雨、
龟裂的太阳
谁说这里是艰涩的
俯下身子亲吻它们吧
每一片砂碛和野草
都是我的血肉故乡

留一条根在那片土地
我要收藏母亲的眼泪、父亲的忧伤
去看他们的炊烟怎样
一点点在屋顶上飘散
去心疼他们的白布小褂

怎样一层层泛黄

去认识磨秃的铁锹、地头的干粮

让他们用粗糙的大手抚摸吧

我要吸吮每一粒砸落的汗珠

品它的滚烫……

留一条根在那片土地

看三百年前老枣树的神话

每天都在变样

听他的子孙们　如今

在枣林中笑声朗朗

看他是如何挖坑，如何剪枝

如何培土，又如何

把一棵棵酸枣的细枝

与甜蜜嫁接

让新扩建的库房

堆不下多年的梦想……

留一条根在那片土地

我要凝聚内心的感激——

下洼镇，让我重新认识了

贫困、亲情和力量

从此，我的血脉不停息地

流淌着黄河水

我蔓延成了火

我生长金子的光芒

一棵枣树，用它的根在地下

歌唱着爱

看那堆积入云的红色宝石吧

每一颗枣都是幸福的形状……

2003. 7. 11

马
头
琴

清　照

此刻，我看见趵突泉畔黄花开了
从1084年的石岩的倒影
向心的位置，飘动

婉约，摇晃，颤抖
一束寒冷的花，在她的身影上缠绕
闪亮一个女子的梦
打开她残缺的命运
在南宋战乱的尘埃和北宋苍茫的烟云中
一个女人和她的时代
遗落在奔突的泉水里
一个幻象，闪烁着，但又迷蒙

红唇，白纸，许许多多的词牌
一浪一浪
如长发和长袖都已流远
在千年的时间深处
只有这丛摇曳的黄花，灿烂、宁静
如一盏盏文字的小灯，清轻照亮
漫长诗词的道路上
那些哀婉美丽的诗歌的侧影

泉

清纯的水，世界最初的模样

她莹莹的流动是一位少女
那山岩的水、风中的水、沙地的水
那苍老陶罐里曾经的水
她柔软的闪电裂穿千年黑暗
把美的眼泪还原成爱

在水流过的地方
在一块石头与另一块石头之间
要开出花来

给青岛造船厂

我们造船，我们造船！

我们造能飞遍世界的翅膀和轻帆。

无数沉重的钢板落在我们脚下，

又锻打成无数柔软的羽毛和鳞片，

我们披挂起来了，我们就要出发，

要和海鸥、鱼儿一起穿过汹涌的海面，

在异国炎热或寒冷的港口，

在高耸或低洼的路边，

我们漂浮的陆地使整个世界都缩小了，

一抔黄土带来了黄河、长城的春天！

给我们翻译问候，

给我们翻译微笑，

阳光下只有一句不用翻译的语言

——我们的船！

我们造船，我们造船！

我们造强大的轮机，平稳的甲板。

强大的轮机就是我们自身，

十亿双手臂，十亿张桨片！

十亿颗饱含了痛苦和希望的心脏输送着血液，

这红色的开采不竭的能源！

我们造的甲板是平稳的，

扑天的狂涛下孩子在酣睡，

风雨中仍有无数飘着奶味的摇篮。

我们熔铸、铆接、电焊，

在昨天搁浅的地方刻下永久的吃水线，

然后启航吧，

请把这一切都叫做明天：

胜利、意志、摇篮和

——我们的船！

中原的麦子熟了

中原的麦子熟了

用黄金锻打五月，中牟
旋转的麦浪里隐藏着
密不透风的骄阳
无数的麦穗，喷发着金属的光热
大风掀动那一望无际的麦浪

铁匠的镰
木匠的车轮
农技师的马达
老奶奶的水罐和大碗
都准备着开到田垄上
好收留那一片片金子的流淌

碎屑飞溅，芒刺撩人
麦秆上尽是汗水、骄阳
一只蚂蚱，用绿，生动了整个夏天
一条小蛇，像岁月，从脚下蜿蜒
它已溜走，它捆不住生活的重量
一只麦鸟飞过，嘴巴

衔着偌大一颗黄金
一个娃娃笑着，摔倒又爬起
捡拾着土地的赐予
一穗穗丢落的金黄！

圆圆的麦秸垛，一排排坐在田垄间
腾腾热气，仿佛刚揭锅的新面白馍
运麦车堆得高高，就要擦着蓝天
一队队人欢马叫，远走在地平线上

中原的麦子熟了
风吹粮仓，传送带上
麦粒瀑布般流淌
中原醉卧沙场
只中牟笑着，一身麦香
携酒牵牛
牛鸣哞哞，在唱……

中原的麦子熟了

2013. 8 河南中牟

马
头
琴

箜篌城

箜篌城，三个字
是一座竹制的空城

有人端坐于中原大野
手捧竹骨和马鬃，面向长空
有声音便从地心深处隐隐传来
那是上古蛮荒大河的波涛
星垂平野，草木茂盛，虫鸣嘤嘤
风声嘶吼，鸟兽奔突，万物歌哭
有太阳在头顶上轰鸣

十五尺乐台，高过万仞宫墙
一千只手的师延大师，制乐奏乐
他与神对话，与君王对话
与自然对话，与内心对话
且拨动弦上的五指、十指、千指
让音符四散成花语
让箜篌说，让陶埙说，让石磬说
祭音辽远，悲音宽阔，庆音高亢
让郑声先于卫声、楚声、吴越之声响彻春秋
行云流水，轻纱柔曼

听这苍生的天籁，无语亦泪下

箜篌城，又名"曲遇聚"
最终是，聚少散多
曲终而人无影
时间湮没了箜篌
箜篌竟化为战场
且让热血歌吟
兵家胜败，不过古乐中
最后一段小小插曲
马革裹尸，也依然是这片战乱的
泥土中的，仰天长鸣

而让历史再一次转身的
是今天，是两个孩子
爬上野草丛生的箜篌城时
追逐的笑声

马
头
琴

舞钢轧钢厂
—— 这里专门生产特种钢条，建筑"鸟巢"用的
变形弯曲的钢材就生产于此

在二十一世纪的入口处，在中国

在壮观的跨海大桥、鸟巢状的

体育场和升空的火箭背后，我看见

宇宙是球形的，拱形的，S形的，U形的

甚至像我们奇怪的梦……

这里是轧钢车间

高温、热浪、水汽、颤抖、巨大的轰鸣

所有的大锤、轴承、仪表、指针都在喘息

所有的钢梁、钢架、钢板都绷紧神经

千钧一发蓄力待发铺天盖地

等待捕捉那瞬间的钢铁的闪电

那轰然砸下的动地雷鸣

等待将那通红的钢锭的山

卷着漩涡的岩浆的河

移动、吞吐，反复地在传送带上

冲、撞、挤、压、锤、揉、牵、拉……

此刻所有的动词，都在传送带上溅出火星

都在燃烧、加压、淬火、蒸腾、搏斗——

就像我们汗流浃背又酣畅淋漓的生活

就像爱，未及说出便燃烧欲焚……

十米，二十米，五十米……前进……
幽蓝的力量和意志透出钢板
然后，轧钢机用巨大的阴影省略了一切
在天地大开大合之处，光芒暗谢
一枝柔软的钢铁的玫瑰
开放在五月的掌心……

一位轧钢工人——
正用一个指头从容地操作着按钮
他的工作服上有一个烧焦的小洞……

红屋顶

红屋顶，天边的朝霞或晚霞
遥远的，像梦……

这些钢水般沸腾又流动的红屋顶
这些散发着钢铁般灼热的红屋顶
只看一眼，就让人心动

像雨后洗净又晾干的孩子的积木
散发出阳光和肥皂的香味
它们用展翅欲飞的红色
喷溅着小小的火苗，岁月的火苗
昭示着钢城曾经的日子和苦乐
它们用高高低低的红色，提醒我们
什么是钢铁的美和灵魂

在钢城，大片大片的红屋顶是快乐的
它们肆意开放在绿荫深处
蜜蜂在燃烧的花海中赶路，采红色的蜜
随意泼溅给行人
而在湛蓝的石漫滩水库的倒影中
是谁把一声鸟鸣丢进湖里

让斜斜的红屋顶

碎成无数红裙子、羞怯的红色的鱼

和漫天漫地赤脚奔跑的

光影

为一切微小的事物感动吧

一茎爬山虎或一缕银色的月光

左边的雨，右边的风

拉上窗帘，点起小灯

两杯晃动的葡萄酒

在红屋顶小心翼翼的呵护下

谁知又隐藏起多少

炼钢工人和园林女工的

甜蜜的爱情……

牡丹花开

用大朵大朵的团扇，遮住了
武则天如山倒的禁令
没有烟尘，没有马蹄，没有声音
静悄悄的，一夜之间
祖坛社稷就成了丝绸的江山
卷曲的、湿润的、闪着暗光的花瓣
再也托不住黄金铠甲、白银镶边
那些重重叠叠的颜色的重量
翻滚着，流淌着
漫向天边……

一千万条洛河，水墨浮动
一千万座龙门，紫烟升腾
一千万条蚕吐丝，织啊
织一千万座花瓣护着的小小的金烛台
燃烧着，争涌着，要去
点亮十三朝古都的夜空

一群娇憨的，叫魏紫
一群微醺的，叫姚黄
还有一群，都染了淡淡的红唇

那些天，胭脂都贵了
纸也贵了，哪一片秦砖汉瓦
不映着牡丹状的河洛图
哪一家女孩的小镜子里
不映出牡丹的喜怒娇嗔

而那茂盛的枝叶底下
每一朵半开的牡丹花苞
都会用柔软的小拳头，打你
让你凝神驻步，腰酸腿软
让你美得心惊……

黄河染紫，小桥落英
这是天地之间的花的盛宴
在洛阳，每走一步都暗香浮动
暗香浮动中好梦阑珊

马
头
琴

光明在前

此刻，
是午夜，又是清晨，
所有的眼睛都是崭新的日出，
所有的礼炮都是世纪的终身。

最后一分钟

午夜。香港，

让我拉住你的手，

倾听最后一分钟的风雨归程，

听你越走越近的脚步，

听所有中国人的心跳和叩问。

最后一分钟

是旗帜的形状，

是天地间缓缓上升的红色，

是旗杆——挺直的中国人的脊梁，

是展开的，香港的土地和天空，

是万众欢腾中刹那的寂静，

是寂静中谁的微微颤抖的嘴唇，

是谁在泪水中一遍又一遍

轻轻地呼喊着那个名字：

香港，香港，我们的心！

我看见，

虎门上空的最后一缕硝烟，

在百年后的最后一分钟

终于散尽；

365

被撕碎的历史教科书，

第1997页上，

那深入骨髓的伤痕，

已将血和刀光

铸进我们的灵魂。

当一纸发黄的旧条约悄然落地，

长城的脸上，黄皮肤的脸上，

是什么在缓缓地流淌——

百年的痛苦和欢乐，

都穿过这一滴泪珠，

使大海沸腾！

此刻，

是午夜，又是清晨，

所有的眼睛都是崭新的日出，

所有的礼炮都是世纪的终身。

香港，让我紧紧拉住你的手吧，

倾听最后一分钟的风雨归程，

然后去奔跑，去拥抱，

去迎接那新鲜的

含露的、芳香的

扎根在深深大地上的

第一朵紫荆……

致新亚欧大陆桥

"大海从此结束，
陆地从此诞生"——
一条大鲸，一列喷吐白烟的火车
从东方的太阳深处
从翻涌着浪花的黄海深处
沿着山峦的大海，向西滑动……

从连云港桥头堡
最东端的那一只锚起程
城市掠过，麦田掠过，沙漠掠过
羊群掠过，古堡掠过，教堂掠过
地下的兵马俑，地下的坎儿井
一起向西注目
一列火车，万峰之上的火车
峡谷急流上的火车
戈壁瀚海上的火车
以心的速度，向西滑动

携带长江黄河
携带青藏高原
携带三万里河东入海

五千仞岳上青天

携带八千里路云和月

飞转的车轮啊

回头看

那是我日出月落、梦绕魂牵的中国

扑进亚洲的风、欧洲的雨

一列西行的火车，打开窗子吧

在同一时间

亚洲和欧洲的麦子都熟了

面包熟了，果子熟了

河里的鱼倒映着天上的鸟

开放的中国

行驶在最前沿的

速度的引领者——

连云港，用一列火车翻阅了千年历史

又用一列火车，播洒一路长虹般的爱情的歌

2009. 9

在太行大峡谷访八路军兵工厂

在黄崖洞，一根导火索就能点燃
太行大峡谷的全部激情

而一粒飞出黄崖洞的子弹
七十五年后让世界震惊

那是铁的、石的、木的，长枪和手榴弹
它们都是一排排忠勇的士兵

磷和硝加起来是炸药
仇恨和热血加起来是必胜的决心

一个个阔笑着走向战场
带着灰布军装的体温和豪情

它们熟悉那些渗血的手掌
和那些消瘦却坚定的脸型

我看到那些锈蚀简陋的机床
每个小小螺丝零件，都该叫英雄

当准星、弹道和眼睛成为一条直线
一个个渴望便都是胜利和光荣

我无法想象那场工厂保卫战的惨烈
那十七岁小战士独守吊桥的英勇

四十三名烈士，从一个名字到一部历史
太行，每块石头都有民族的伤痛

因此，我们的子弹便有烈火的性格
我们的车间是断岩上胜利的缩影

看呀，黄崖洞悬在半山腰上，云遮树挡
我让一颗心随悬梯、铁链向上攀登

那小小山洞里藏着多少霹雳雷火
太行，你是永远活着的血刃刀锋

此刻，洞外的野花开了，那么红，那么静
它的开放，和当年的那场战斗，意义等同

为什么峡谷中总有轻雷滚动
是七十五年前的炮声还是歌声

"我们在太行山上"，我们在太行山上

总司令骑马腾跃，枪系红缨

是谁还在抚摸那最后一粒弹孔
追念那伟大年代的骄傲和光荣……

记住汶川：十四点二十八分

这是十四点二十八分的汶川
山崩地裂、江河折断、巨石倒倾
当烟尘和巨大的震颤声隆隆散去
生与死、天与地竟这样近
近到只隔一层断墙、一片碎瓦
甚至两行热泪，以及被埋在黑暗中的
再也触不到的指尖和体温……

十四点二十八分！
中国的心从此被撕裂成两半
一半在废墟下沉重地喘息
一半在大雨中痛哭着找寻
那是谁的鞋子、谁的玩具、谁的课本
谁的停走的钟表
谁的万劫不复的亲人？

十四点二十八分！
弥漫着尘土的滚动的新闻
一场令人窒息的立体战争
越过塌方、泥石流和冲击波
在中国大地上悲壮地牵动人心

从抢险士兵血肉模糊的手指

到输血站前长长的身影……

十万抢险大军，全民族的血脉和氧气

此刻都聚向汶川

看我们将托起一个

十四点二十八分的不沉的中国

她将向世界展示

怎样的团结、勇敢和自信

十四点二十八分

那是又一只从废墟中

刚刚刨出的颤抖的手臂

快啊，拉住他，这是我祖国的十三亿分之一

拉住他，决不能放松

因为，这是我们民族共同的生命！

2008 年

光明在前

这是一片黑色的废墟
这是死过三次的城——
山崩地裂的倾覆之城
暴雨泥石流的填埋之城
堰塞湖洪水的席卷之城
这是一座死亡之城

但却有电，从你看不见的地方
嗡嗡流过……

据说，地震过后
第一个夜晚是漆黑的、混乱的、哭喊的
或者是深渊，比死亡更静
而第二个夜晚
电流就突然苏醒
震后的第一盏灯瞬间亮了
颤抖的光晕里
是人们伸出的双手、渴盼的眼睛
橘红色的应急发电车说来就来了
喘息着、轰鸣着
那些身穿橘红色工服的工人啊

来不及抖掉碎石和暴雨的泥浆

来不及打探亲人的生死

强忍悲痛

用钳、用锤、用螺丝钉

扶起一根根倒塌的电杆，接通电缆

他们攀爬在三十米高的铁塔上

飞跃巨浪滚滚的堰塞湖

在乌云和闪电背后

你分不清是鹰，还是人……

他们用身躯和手臂

结网——合闸

风忽然热了一下

接着，一盏灯、两盏灯

北川亮了，中国亮了

炊烟升起，马达轰鸣

失血的中国，今天你的体温

是二百二十伏特的勇敢和赤诚

在擂鼓镇，一栋

天蓝色的木板房里

整齐的报表、橘红色的工作服

头盔、手电筒、应急灯

泥浆斑斑的工作靴

组成了新的"北川供电公司"

它让从这里走过的人，懂得了

勇敢和生命
是中国最强马力的发电机组
轰隆隆地辉映着
屋顶上一面鲜艳的五星红旗
高高飘扬在万里晴空

用竹筷子写诗的人

——给周从化烈士

将军，今晚，你用竹筷子
在黑暗潮湿的监狱的壁上
用颤抖的手　深深刻下
"仗剑虎山行……成功济苍生"

你的笔，你的指纹，是与
墙壁上的土一样的颜色
是与铁窗外的土地一样的颜色
你的笔锋，是凛然的竹
是你烧毁旧社会的一根火柴
是你的一根坚硬的肋骨
是枪林弹雨中的闪电和雷鸣
是你的最后的投枪
它要把沉重的铁镣和这牢房
都化为灰烬……

而你刻下的诗行
是你五十四岁鲜血的流淌
它像一片片斑驳在黎明前的火光
从墙到墙，从灵魂到眼睛

从你那磨秃的竹筷啊
我认识了诗歌
它生长在最后的弹孔中，并有
竹的忠贞和血的生命

俨然正坐

他看多了喜剧
也看够了悲剧

在这个倾斜的世界上
他还有力气，把自己摆正

他曾走过了多少万年，正面的，侧面的
如今又回到这里，这个圆，这凝固的一点

他垂首，盘足
拂袖，趺坐

当他停下脚来才知道，万物不过是
一尘一埃，红尘内外，不惊的波涌

于是他把呼吸和心跳都隐于衣服的皱褶
他把思想藏得很深，像深渊

俨然正坐，随便叩响哪里
都只是沧海桑田的回声

一抹云，一棵树，就是他今天的位置

但我只看到一个人欲说还休的瘦削的背影

2011. 5. 30

剧　场

像一群群黄昏的蝙蝠
面孔模糊的人们走进剧场
钟声流水样漫过头顶
座椅上堆满身体和衣裳
而灵魂此刻是别人
在舞台上走动
幕墙背后
世纪一片洪荒

上帝说：要有光
于是就有了光
灯光下的表情总有些异样
一个男子在一道追光下独白
巨大的身影投在墙上
沉沉大厅里浮动着语言的泡沫
扑朔迷离
剧情在哪里隐藏

布景正玩具般转换着时空
一朵小花的道具
预示着阴谋还是爱情？

在怪诞得近乎真实的秩序中
世界由无数门组成
喜剧和悲剧
只是两个小时之内
从一道门进入
又从另一道门退场

当守夜人熄灭了最后的灯盏
空旷的舞台上喘息的
只有灰尘和蛛网
剧场深陷在暗夜里
一个悬念
一个巨大无言的黑箱
让艺术缓缓从身体中穿过
退潮的人们
脚步声响在石板路上像是幻觉
"来碗热汤面——"
灯光下只有小贩的叫卖声最真实
一张海报在夜风中卷起
弥漫于剧场之外的梦游者啊
今晚你已买下说明书的全部结局

1994. 12

第八只朱鹮

—— 1980年，经调查，我国仅剩陕西和洋县
还生活着七只朱鹮，于是，画家韩美林
在纸上画下了第八只。

一

我长久地想念你，北方，

那刮过强悍的风的黄土高原，

和洋县不知名的小小泥塘。

白身、粉翅、红眼圈的朱鹮呵，

七只孤单、高雅的身影，

起舞着亿万年历史的沧桑。

只有七只，只有七只了！

对影、孤鸣、

徘徊、哀唱，

在这荒凉的地球的最后一角，

几点殷红和纯白

飘散如

渐渐熄灭的火光。

二

当喧嚣人间，

还有阴险的子弹和

愚昧的眼睛时，

无论射杀鸟兽和射杀人类，

枪声，

都是同样炸响。

于是，

朱鹮身上的血，

和画家心上的血，

同时溅淌……

子弹

把穆天子传颂的鹤之舞

和吟咏了千年的

"临风振羽仪"的诗行，

连同一个古老民族

借助于"吉祥红鹤"的祝福，

深深地埋葬……

三

于是，世界濒危动物的红皮书上，

重重的笔添上了

白身、粉翅、红眼圈的朱鹮，

和中国的名字

于是，画家以他的笔

急切切绘成第八只朱鹮——

永远长唳，不再歌唱！

— 光明在前

—
384

栖息在和洋县树枝上的

画家的心呵，

在风雨中，扇动着

谁也折不断的

墨的翅膀！

四

而我，愿意做黛青色纸上的

那颗墨滴，

永远飞翔。

为证实人类曾经有过的

残忍和荒唐，

为破坏了的大自然和濒危的生命，

为真正的人的美丽和善良，

我飞翔。

我要唱一支朱鹮的歌：

拯救一个种族吧，

在经历了同样灾难和

同样浩劫之后，

把对人类的责任和良知，

担在肩上！

给作家冰心

海

当年，你从大海那边，
一页页飘寄给小读者，
稿纸如帆。
碧蓝碧蓝的浪花轻诉着：
异国的风霜，
游子的思念，
故土的温暖。
纤细激情的小水珠呵，
溅湿了多少孩子
梦里的船……

你是海边出生，海边长大的，
你是舰队的女儿。
从你的身世，我知道了
海的深度和海的变幻。
于是，你的感情，你的怀抱，
才拍着摇着那么多的孩子，
使一个时代、又一个时代的海，

变得更宽。

冰心同志，
你使我们都沉湎于海了：
——从你永不衰老的眼睛，
——从你永不衰老的爱恋。

小桔灯

总是朝着
夜最黑的地方飘去，飘去，
孤独也罢，
淫雨也罢，
那一点微弱的桔红，
自信地擎起一团
柔和的、桔红色的天空。
也总有足音，总有足音，
在空谷里响起，
连雾锁的高山，也不能
阻止这大地不可分割的血液
流动。

四十年了，这莹莹的一点，
如你的笔，
如你窗口不熄的灯火，

染希望于泥泞。
使我这曾经是亲爱的小朋友
而今又是真挚的大朋友的
迟缓的行路人，
手里，也提着你的这盏
清亮的小桔灯，
去走——更长更长的路，
去做——更多更多的事情……

给雕塑家刘焕章

雕塑家

他的日子，粗糙如石头、泥土、树根，
他的艺术，带满身石粉，满身伤痕，
他的双膝，磨破了重又补上，
他的额头和胡楂都渐渐老去，
　　　只眼睛炯炯有神。

艺术不是粉红色的形式，而是真诚，
他举起锤，勇敢地敲响地狱之门。
他喘息着，负了伤重又站起，
只为了一朵花，一个人体，一段流韵。

他把整个祖国都珍藏在这里了——
这绵延了千百万次的凿石之音！

石　头

石头是坚硬的，
石头是粗糙的，
石头是暗哑的，
石头是丢弃在路边的灰尘。

石头曾经是一段严酷的历史，

石头曾经是冷漠的感情和嘴唇，

石头曾经打在他的身上，

石头曾经给他留下深深的伤痕。

什么叫雕刻，

什么叫艺术？

——当一块石头在他手里，

变成一颗心！

残 塑
—— 一段历史的雕像

他用这残塑压了咸菜缸，

这残塑—— 一个微笑的孩子，蒙着灰尘。

那时谁知中国还有多少缸咸菜，

还有多少浸得苦咸的日子和心！

直到看见雕塑家我才知道，

凿子和花岗岩有多么坚硬的灵魂。

这孩子始终都在微笑着，

阳光下，他的粉红色残断的身躯，

胜过所有的眼睛和嘴唇！

给画家韩美林

痴 情

那拳拳如火的赤子之情……
如抽丝，把被牢狱铁栏
割碎的心，
越捆越痛。

一片叶子，一只小虫，
生命在这时会使整个砖墙震动！

于是他蘸着白的月光，
在黑的膝头，
用手指和想象
为美作画。

也可以失去自由，
也可以失去家庭。
在他的手指下，
艺术原是
这样的简单与透明。

十年后，当他的画展开幕，

谁也不会想到，

那无数只画框，

曾经是他在某一个年代里，

用手指磨破的

无数块补丁……

纯　真

他的小狐狸还在睡觉，

他的小狗还在看门，

他的小公鸡刚学会唱歌，

他的小老虎却永远不会咬人。

呵，朋友是多么可亲！

他的画笔是它们的窝，

他的画板上有它们的脚印，

他和它们每天在画纸上相约，

他一滴墨，湿润了淳淳的感情。

呵，友爱是多么深沉！

画家的须发一根根脱落，

谁能历数这深厚的含蕴？

但无论是谁在这画前

都会坚信：人的心灵应该是

永远不会被污染的天空！

意大利的微笑

留我的脚印在海上
在亚得里亚迎风的海图上
那里有蓝色的威尼斯和鸥翅
有太近水的窗口，太温柔的白浪

罗马石柱

支撑罗马的灵魂

在照耀了两千年的
古罗马的太阳下
在天线与百叶窗之间
无数风雨洗白的线条
矗立于现代天空的寂寞中
嶙峋而坚硬

征服与被征服的箭簇是血热的
光滑的大理石身躯是冰冷的
在辉煌之始和废墟之后
那样一种永远的屹立
使人类的历史总响彻
沉沉的凿石之声

而竞技，而狂欢，而流血，而远征
当维吉尔史诗的字句从石柱间滑过
拨响这巨大的时间的竖琴
一些模糊的面孔便忽隐忽现
犹如无齿之语，无言之声

那人类久远的文明与幻想

已深深楔入

石质的凿痕

不沉于水，不灭于火，不泅于风沙

在两千年

楔形的罗马数字的流逝中

拥抱一切死亡

拥抱一切生命

负重、断裂、破碎

开始和终结

一种精神，赤裸地

立于天地之间

如七山之上，圣火熊熊燃烧

一道灰白色光芒领我们穿越黑暗

石柱，跨越世纪之门

1988.9　罗马

罗马小街

一九八八年九月，罗马
我在一条小街上游荡
旧楼的百叶窗下
许多双脚走来走去
人说那些普通的窗口是
大师们住过的房子
他们推开这扇窗子，复又关上
一本本名著就在这之间写成

厚厚的石墙如灰色的硬皮封面
挡住了我阅读法文版的
《巴黎圣母院》
我停步。想
人生也在这推窗与关窗之间吗
文学难老
文学的呼吸翻转世界
沿着歌德的诗行不远
是秋。是小街著名的
"希腊咖啡馆"。人很多
浓香飘出，使生命显得珍贵
意大利咖啡真让人销魂

黑色的情绪在白瓷杯里旋转

一条路通往杯底

烛光仍是旧时的那支，朦朦胧胧

似有大师的影子谈笑

礼帽、手杖、狗、壁上的酒瓶

只有流水，才能体现岁月

此刻人间喜剧正在杯与杯之间上演

我一只脚在里一只脚在外

不知道东方人该怎样在语言里

坐坐

我只是这小街上的一个过客

一九八八年，用这简单的形式

走进历史

将一段小街写成我

存留一生的各种名著的

续集

1988. 9 罗马

罗马的忧郁

修女在走

狗在走

戴荆冠的耶稣在走

罗马的街道总有几分忧郁

古旧的火山石路面上

褪色的狭长的百叶窗落满灰尘

像罗马人狭长的脸

黝黑地，浮雕在斑剥的旧墙上

地中海阳光温柔

青草也长得十分茂盛

忧郁便从每一块石头上渗出来

如青苔般蔓延

很快就淹没了那些

远古的激情

只有断柱静肃

这些灰白色的模糊的长影

踽踽独行在古代与现代之间

仿佛超脱于时间之外的哲人

永远苦思着雅典学派的

无休止的论争

鸽子落在雕像肩上
啄食他眼中的忧郁
而教堂中的蜡烛忽明忽暗
教你一会儿是魔鬼
一会儿是天使
车水马龙也遮不住
汩汩喷泉也遮不住
广告霓虹也遮不住
空气中总有些旧的灰尘
那两千年前
柏拉图曾呼吸过的
寂寞的，古典的
总有些残缺的
在无可挽回的落日时分

那时我偶然想起
中国的秦王也许正在青铜鼎旁
抚弹古筝

1988. 9　罗马

假面狂欢
——威尼斯之冬

在欧洲最寒冷的季节里
灵魂开放

威尼斯，从神奇的海水的面具后面
我看不清你的眼睛
戴上面具
就是最欢乐的人
戴上面具
就是最引人注目的人
你歌你舞你笑你唱你疯狂你宣泄
面具是你的墙和伤口

他悲哀还是苦恼
他虚无还是满足
他富有还是贫穷
国王小偷强盗魔鬼阔少武士
此时此刻
影子比真实更值钱

她靠在小巷拐角戴黑色面具

她独行在雾中戴白色面具
她等在路灯下戴金色面具
海水打湿了她的脚印
我不知道哪儿是她今夜的家

蒙娜丽莎的微笑留下满海神秘
小小命运，在瞬间结束又诞生
以另一种方式再活一次
轻松和幽默的背面
是什么样的人生风景

今夜，探索于
珠宝丛中和玻璃橱窗之间
威尼斯的面具
向我袒露各种风情
各种风情的威尼斯
让我抚摸那没有瞳孔的火焰
很美，很烫，很冷
开放在一年仅有一次的梦境里
不知道是皮肤，还是灵魂

1988. 9 威尼斯

比萨斜塔

一

一种移动，不可觉察地
渐渐逼近

比萨的天空
蔚蓝得没有一丝皱纹
钟声轻轻地闪光
小教堂如雨后春笋

绿草坪上的塔影总有些异样
我仰望你时
语言总是偏离题意，五米
错觉如神秘之鸟，常常
意想不到地一翅着地
不知你与世界
谁更倾斜

外面很遥远
原子裂变电脑合成

有试管婴儿落地
有航天飞机升空

自在于一种绝境
一片叶子
在欲坠未坠之时
以纯白的大理石的悬念
垂挂
六百年
成为壮观的风景

二

下落的感觉
是一连串
快感的颤动　和
来不及想象的
风
是从空中到地面的过程
鸟的过程
落叶的过程
危险是一种美丽的事物
有时你永远不知道结论

伽利略，大胡子和长袍

锁链和星辰

你巨大的影子落在斜塔上

如同苍凉的伤口

如同宗教

真理

正静悄悄地坐在蛋壳里

等待两只铁球

同时击中

仿佛什么也没有发生

黑夜过去了，阳光正浓

1988. 9 比萨

米开朗基罗

你收集亘古的尘土
雕筑塑像
在教堂巨大的阴影中
在十四世纪的沉沉之壁上
你痛苦的面孔
在暗夜里融化

烛光摇曳
在你赤裸的胸上涂血
你像悲哀一样苍老
你乱蓬蓬的胡须下
　　隐藏着什么悲剧
你的泪水灼疼我的面颊
你分担了人类的命运
你伏在高高的画架上
成为伟大的艺术品
　　或是祭品
仰望你时
你只是一小团光明

憎恨的、欲望的、赤裸的、顽强的、威严的

世界的石头的根基诞生

你以震撼人心的力量

引我们进入

    每座雕像的眼睛

引我们进入自己

看人类在黑夜中匆匆走过

四周悬满愚钝的痛苦和绳

脚步茫然

要说的话软弱无力

米开朗基罗

没有你的凿

我们不会有嘴唇

永远的雕像站在石头里

在厚厚的大理石粉末中

你从世界的任何一个方向

直视我们

    深一点是手

    再深一点是灵魂

1988. 9 罗马

古罗马大斗兽场

古罗马，一只浑浊的盲瞳

从白骨的缝隙间
呆视着昔日的壮观与显赫
似乎总听见最后一具尸体
倒地的沉重

甜腥的血也是葡萄酿制的吗
粗壮的葡萄藤长成深渊中的绳索
抽打快感的呻吟

太阳依稀如高悬的盔甲
照耀着，斯巴达克的剑
一根深深的芒刺
刺入这狂乱的瞳孔

渴血的石头还在抽搐：
只要一滴血便可复活
坍塌的围墙上便响起了坍塌的回声
——人们呵，什么时候
还能再为我斟满血色之酒呢

而矛戈声一层层落尽

夕阳野草之外

一只绝望的盲瞳，朝向虚空

1988.9 罗马

佛罗伦萨

自由狂放的歌曲

从远远远远的

第勒尼安海上吹来

大卫健美的身躯上洒满

达·芬奇透明的阳光

佛罗伦萨

你这不戴光环的维纳斯

你这波提切利梦幻般的春之神

你这浪漫的舞鞋

从但丁与情人幽会的桥上

欢快地跑来

河水与唇

成为这个城市最柔软的地方

艺术巨匠的面孔

　从壁画上浮现

他们光辉灿烂

成为酒和空气

长方形的乔托钟楼

时钟停摆，永远

指向人类复兴的那个日出

——金粉从画框中纷纷剥落

艺术成为这个城市里

　一个生动的女人

她洗衣，切面包

　并向天空祖露

　　如水如电的美丽胴体

纯净的人体曲线流淌成

蓝天下的阿尔诺河

它的呼吸、心跳

它的真实

使人想起家乡和母亲

吊在眩晕的大耳环上，佛罗伦萨

你是超短裙、摩托车

　马路当中的吻

你是尽情的喊叫、游动和飞翔

你是夜晚席地而坐的人群

　拥肩擦背的笑

是流泪的时候也歌唱

是青春

透过街头厚重的油画颜料和琴弦

我们都重新发现自己

每个人都值得纪念和被纪念

每个人的名字

都是翻开的圣经

有一支水手的歌永远使我流泪
那斯巴达罗的歌手教会我们
从各个方向，朝向你，唱：
"给佛罗伦萨带个吻……"

1988. 9 佛罗伦萨

天堂之门

这里是通往天堂的路
只要跨过这扇门

这扇紧闭的门，冰冷，厚重
浮雕精美，有青铜的嗡嗡的回声
这是天堂的回声，方舟的回声
亚当与夏娃在门上做永久的航行

突然一只小狗从我脚下闪过
青铜雕成的
　欧罗巴的小小牧羊犬
它凝神守望远方
仿佛在怀念失散多年的羊群
这是在春天原野上奔跑的那一只
茸茸的毛上还闪着太阳和风
它要把羊群赶上最高的云朵
它不经意的几声，却使人生泪
这只小狗它让你想起了
麦子慢慢爬上女人的膝头
洁净的桌布、水罐、炊烟
面包和盐

这是佛罗伦萨。秋天

在通向天堂的路上

在亚当与夏娃走得疲倦的路上

天堂之门紧闭

在那里，在乔托钟楼的

　青铜雕花的右下方

一只小狗

引我走向另一扇

开着的门

　　　　　　　　　　　1988. 9　佛罗伦萨

星光下的拿波里民歌

星光下流淌着拿波里民歌
生命与爱情，玫瑰与芬芳
真正的拿波里民歌，真正著名的
在意大利的歌的故乡

"快来吧　快来吧
请来我小船上……"
歌声郁郁葱葱，溅着暖暖的浪
从夜的深处荡开那个看不见的人的
热情与奔放
呵，桑塔·露琪亚的小船
在起伏的意大利语的海洋上
载我们去，看月色多明亮
红衣歌手的喘息忽远忽近
带来几分人生繁杂的微笑
拖着疲倦的目光
呵，拿波里民歌，真正著名的
你以流浪了一个夏天的吉他
　　敲打着忧郁
沉落在罗马无边的夜色中
那支我很早就熟识的歌

它曾怎样憧憬过万里之外的
　异国少年的青春和梦想
让人久久难忘

"快来吧，快来吧
请来我小船上……"
桑塔·露琪亚
那只金色的小船
那片温柔的翅膀
如今你是否停泊在那里
在罗马教堂下的一个饭馆
在饭馆里一张张餐桌旁
在烛光下，在一个
没有水，也没有桨的地方

1988. 9　罗马

梦幻威尼斯

留我的脚印在海上
在亚得里亚迎风的海图上
那里有蓝色的威尼斯和鸥翅
有太近水的窗口，太温柔的白浪

"贡多拉"小船轻缓的桨
静静划过幽深的水巷
这水上吉普赛神秘的倒影
使人觉得爱情是脚下唯一的土壤

金色长发垂落如瀑布
钓每扇窗下行人的目光
行人的目光是披黑衣戴黑帽的
彼特拉克抒情诗中
久候的水手
他们总爱在日落时分
徘徊
感叹桥太重叠，水太绵长

而我是戴着金色面具的夏洛克
贪婪于那满海钱币的闪亮

纵情于豪华的橱窗与

　夺目的夜灯相戏谑

挥霍满街狂欢节式的

　天真与放浪

今夜月下，大队商船已远去了

戏剧性的海风也悬念了

所有海上故事的终场

只留下一怀寂寞

如没有归期的船票

让我

在阳光的泡沫中

在倾斜的浪尖上

在蓝色的威尼斯的梦幻里

静听辽远的

人鱼与海盗的合唱

　　　　　　　　　1988.9　威尼斯

威尼斯：辉煌的终曲

午夜十二点，钟声轰鸣
广场乐队高奏最后一曲
葡萄酒与夜礼服
威士忌与口红
万人伫立在灯下璀璨之中
以万种姿态，万般心境
久久等待着圣·马可广场上的
最后一个高音

指挥棒，悬而未决的命运

午夜十二点
是最宜幻想的时间
万种人生的最后一曲
沿飞机、海船、摩天大楼和
　　乡间小路而来
在海水拥抱的这一片土地上
起落成黑白键的震动
竟是那样的相同

脸庞，衣饰，街道，房门

似曾相识又从没见过

每双脚都在说

我们已走了很远，只为今夜

告别是A弦上扑朔迷离的低音

如桥，如岛，如船，如拱

如威尼斯

连接在我们心中

欢乐，孤寂，爱情

今夜海上的倒影

狂喜在这里

战栗在这里

心与心相连在这里

那辉煌的结局正映射于

　　每一双眼睛

小提琴呓语般的华彩乐段

预示出终曲的底蕴

为最后一个高音

我们走过了整整一生

乐声轰然而止

广场灯光黯然

唯其一瞬

牵引着我们生命的节奏

明而又灭，灭而又明

午夜十二点，在威尼斯
仿佛南柯一梦

1988.9　威尼斯

斯卡拉大剧院的手

一只手
苍白，削瘦，一只细长的手
手纹丛丛摇曳着隐隐的情感
五指像握住些什么
却又缓缓张开
寂静地平放在这紫红色的
厚重的帷幕之外
斯卡拉大剧院
豪华的枝型吊灯和包厢之外
掌声之外，人群之外
人类最精采的乐段
轻轻轰鸣

仿佛永远谛听
水的涟漪和风的响声
远离音乐又深陷于音乐
李斯特的手，大师的手
从白色的石膏中渐渐红润

对着空虚狂舞的挑战的手
翻转命运解释人生的力量的手

在现实中燃烧幻想的热情的手
尝遍爱憎历尽苦难的创伤的手

一只手
使语言回到音乐巢中
五条线苦苦缠绕着你
使你激动、痉挛、抽搐、疼痛
音符四散开去，漫天坠落
这只手像陌路的拐杖
支撑风雨中人们衰弱的身影
从幕启到幕落
成为人生

而今天，我默立于你面前
听凸起的血管中有声音在流动
肃穆的斯卡拉大剧院
沉钟响起，灯光渐暗
一只手，缓缓地抬起
像十二月雪中挚爱的火苗
教我一生
以手去抚摸颤抖的心

1988. 9 米兰

古堡之夜

——西西里的一次晚宴

仙人掌硕大的烛台
使西西里的夜燃烧着星星

古堡之门沉沉打开
让山路随海风一起涌进

月光下的葡萄酒泛起漩涡
这些花朵翻卷成各种肤色，各种眼睛

灯火辉煌着几百年前未散的晚宴
欢乐如长青藤般爬满大厅

西西里的阳光与海水味道很好
就像餐桌上的水果和盐

去和许多传说中的絮语碰杯
深深怀念着一些人，一些风景

旧日的墙纸泛黄若老妇的脸
皮肤与瓷瓶闪着神秘和光晕

贵族服饰的主人在画框里走动
平静而又感伤地，欲说还休

石阶、廊柱、阳台，多么相似
就像排练莎士比亚的悲剧一样

夜风轻轻地拂动帷布
不知掀起的是剑还是爱情

空阔的角落里烛光幽暗
我将发生什么事情

睡意蒙眬的花园充满但丁式的梦幻
让我闭上鱼的眼睛

黑暗漫溢如水，我深深陷落
今晚西西里最深的地方，是这盏灯

天狼星在远方轻轻嗥叫
峭壁上的古堡听海浪翻涌

1988. 9 西西里岛

梵蒂冈·圣彼得教堂

青铜之门缓缓打开
宣告
当世界又一次在洪水中沉沦
这里是最大的方舟

向上的路和向下的路只有一条
生与死都起始于
这庄严宽阔的大厅

无数天使的翅膀与上帝的眼睛
　飘散在空中
关照着，指引着，辉煌着
人们的肉体和心灵
白衣修士们用管风琴美妙的合声
支撑起壮丽的圆顶
使世人仰望苍穹，意欲飞升
哈里路亚的赞美诗从天洒下
在把手伸向胸前的那一刻
谁能回答，用
十字架的高度
可否测出

这里离天堂

还有多少路程

一排排祈祷的长椅上

栖满无家可归的灵魂

世界最美的教堂有圣洁如婴的祝愿

圣彼得青铜的脚已被吻得发亮

世界最大的教堂有繁衍最多的忧虑

鸽子被枪杀，橄榄树还没长成

1988. 9 梵蒂冈

梵蒂冈：圣母

———
意
大
利
的
微
笑

她用眼泪建造教堂
那时耶稣还没有降生

她便以一种命运的姿态
背负起乳汁灌溉的
沉重的十字架
日日夜夜，在咸味的祭坛上
低垂着眼睛
——而她的十字架却是她的影子

一年里有十二个月
她的头上没有光环

当人们赞颂她的贞洁与奉献时
她的痛苦被悬在两壁
有时镶金，有时镀银

无论她躲进世界的哪个角落
都永远无法逃脱这一命运，母亲

只有在最后一片安静的烛灰上
我找到你内心的故事

1988.9 梵蒂冈

生活给予的美

——《红纱巾》编后记

李 瑛

2015年2月11日深夜，我唯一的亲爱的女儿小雨去世了。什么也留不住她，夜深人静，她就悄悄地离开了人间，离开了她热爱的那么多的亲人、朋友和这个丰富多彩的世界。什么也留不住她。她去了，只留给我一片空茫和一个瞬间的背影，以及始终难以止息的肝肠寸断的悲痛。从此，我再也不敢看她生活起居的那间小屋，有些零乱却不失温馨的那间小屋，四壁的书籍和她所喜爱的瓶瓶罐罐和一些小工艺品；在窗台，案头，床上，床下到处都是一叠叠、一堆堆的纸页，它们都是她的生命。我不敢触动它们，只有小闹钟的指针在不停地跳动。

小雨从小随我在部队长大，不幸的是她整个青年时代和她的同代人一样，遭遇了一阵阵历史风雨的冲击。十年浩劫后期，调去诗刊社，在那里一干就是37年，也就是在那里工作了一生。她政治上坚定，心灵开放，视野开阔，艺术感觉敏锐；她热爱生活，热爱诗歌，热爱艺术和她所从事的工作；她性格善良温婉，宽容大度；她不太热衷打扮，喜欢自然简朴。在那里工作期间，熟悉她的人都知道，她出出入入总是带着一大袋又一大袋的稿子，每次外出开会，即使只有两三天时间，拉杆箱里装的也不是衣服、化妆品，而是塞满箱子的一件件来稿。

她爱岗敬业，特别对于发现和培养年轻诗人始终充满热情。在近40年的诗歌编辑工作中，可以说她把自己的生命完全融入了为繁荣和发展我国诗歌事业和致力于一代代年轻诗人的发现和成长之中了，她从自发来稿中发现他们，扶助他们。我清楚地记得她最初读到谢湘南、郑小琼等年轻打工诗人表现自己打工生活的诗以及李钢写的表现水兵远海训练生活的《蓝水兵》诗篇时，她敏锐地发现他们的笔所开拓的这些崭新生活领域的重要意义。对他们诗中呈现的思想深度、感情温度以及艺术表现上奇崛的意境，大胆的、丰富的、新鲜的想象，诗中流淌的血泪的气息、汗的气息、咸腥海风的气息使她几天都兴奋不已；当她把这些诗句迫不及待地读给我听时，我看见她欢乐欣慰的眼神和闪光的瞳仁，我感到了她心头巨大的幸福。

是的，她就是这样，每每看到好的稿子，尤其是新人的稿子，她总是激动不已。在她的心里，只有诗，只要诗好，没有其他。她千方百计地帮助他们提高。如今，他们中的许多人已成为中国诗坛的生力军乃至主力军了。

于是，她跟一代代诗人结伴了，跟一个又一个生活在底层奋发写作的青年乃至少年朋友们结伴了，无论在她主编的刊物上，还是由她编选的一本本"年度诗选""专题诗选"中，她热情积极地推介他们，又为他们向各地报刊荐稿，又介绍他们的诗集出版，使他们迅速成长起来，走向成熟。

由于她的热情、正直和诚恳，许多地方都邀请她去做报告。作为《诗刊》"名片"的"青春诗会"在至今已办的31届中，有11届都是由她组织筹划主持的。在业余，她还主编了一套又一套诗丛，其中有两部诗集还曾获鲁迅文学奖。

在她工作后期，为了进一步编好刊物，她兴致勃勃地走访了许多诗人和读者，制定出许多整改方案，但后来由于种种原因，她的满腔热情无法实现，只留下了多方设想的宏图，便忍辱负重地离开了工作岗位。

小雨去世后，我陆续收到不少诗人朋友的来信，有一封信中说，她们想念小雨，想到她的诗中去寻找她，但是找不到她的书；另一封来信说，小雨为了培养和帮助年轻诗人，花了那么多心血，却没有为自己编一本像样的诗集留下来，因此建议为她编一本比较完整的选本。许多信的殷殷盛情使人感动。

说到这里，应该感谢的是，小雨去世后，中国诗歌学会和线装书局要好的朋友们曾为她编了一本诗选《红纱巾》，但由于要赶在小雨的追思会前出版，只有一两个月的时间，无法仔细将诗稿搜集齐全，难免有所遗漏。这就促使我产生了想为她重编一本的想法。于是，我从书柜里取下她出的几本诗集，又从电脑里搜寻到一些她写成而未发表的诗稿，连同一些朋友先后寄来的小雨诗作的手抄稿和剪报，还翻遍了她房里堆着的几堆纸页，这是过去她从不让人翻动的东西，都是她所设想的办刊工作规划、改革方案、组稿计划，还有她剪存的旧报以及一些朗诵会的节目单和一些作者给她的来信等等，更多的是她积累的准备写作的资料及一些未及完成的诗作残稿。这就使我得以披阅了所能收集到的她全部的诗稿。读这些诗时，我发现有的她最初写作时曾和我谈起过，有的发表后我曾读过，有的在朗诵会上听到过或从别人评论她诗作的文章中看到过，但更多的则是初次读到，尽管这些作品质量参差不一，或者成功或者受到一定的局限，但都不是那种抽象的概念化的普泛性的东西，都是她在不同历史年代、不同地域身临其境所激发的心灵至诚、感情至真的自然流露。

比如那些抒写青春时期欢乐、单纯、明亮的诗篇，充满浪漫情怀的遐想与躁动，怀着对爱情的好奇与对人性奥秘的追寻，在享受中试图索解复杂的人生，写得又痴情，又空灵，又纯净；一些写山写海、写大自然景物的诗，不但把风景写得很美，有些还赋予思想，使读者读时，首先直接感受到美，接着便是深沉的思索，这该是诗人特有的智慧与秘密；那些写油田的诗，是作者以积极态度面对生活的见证。小雨在工作期间，曾到任丘华北油田女子钻井队和那里的"黑甜甜"姐妹们整整生活了一年，假如她不到那里打了那么多油井，她就不可能得到那么多灵感和诗篇。之后，她又跑遍了全国几乎所有的油田，从而使她更深刻地认识了生活中的胜利和喜悦、失败和痛苦。在人与自然、人与人的思想的斗争中，有矛盾，有冲突，历史和时代就是这样在前进。这些生活不仅给她的创作以扎实的思想，也启示了她给了她探索艺术表达的新方式，使诗写得充实、有力而美，也才使她成为了她自己。还有从一只中国远古的陶罐到罗马古建筑中的石柱，乃至《意大利的微笑》这一辑中不少诗篇，她动用了自己的全部感官和各种艺术手段：典型的意象，火炽的激情，大胆的联想，深邃的寓意，让我们在阅读中，把大睁着眼睛的现实和眯缝着眼睛的历史融汇在一起，和自然、历史、世界、宇宙一起思索，那陶罐里人的生命和罗马教堂的钟声、古堡的火光，这些简单的事物便都获得了更高的意义，使平凡的事物获得尊严，使有限的东西达到无限。

我知道，她始终是遵循着她自己对诗的认识和理解，把诗作为一种人类所独有的生命形式来写作的，她是怀着对我国传统人文精神的敬畏和对美学理想的不断追求来写作的，是怀着对西方不同宗教、不同种族，不同艺术风格流派的尊重来研究和汲纳来写作的。从这些诗都可以看出她在思想深度和艺术处理的方式上，力求尝试有所突破和创新所做的努力。

本来她是完全可以写得更多些、更好些的，但使人惋惜的是都未能如愿，如今想起来是太迟太迟了。

现在，根据她的原作，只做筛选，不做改动，只按不同题材分编九辑，留在这里。

她去了，留下这些雪泥鸿爪，给她曾经哭过笑过、爱过恨过、痛苦过欢乐过、歌唱过沉默过的这个世界和她的亲人、朋友以及众多的读者和历史，作为一个小小的纪念。

2016年12月